Ines Witte-Henriksen

Lady Rowena

Die Leichtigkeit der Seele

Bitte fordern Sie unser kostenloses Verlagsverzeichnis an:

Smaragd Verlag
In der Steubach 1
57614 Woldert (Ww.)
Tel.: 02684.978808
Fax: 02684.978805
E-Mail: info@smaragd-verlag.de
www.smaragd-verlag.de

Oder besuchen Sie uns im Internet unter der obigen Adresse.

Deutsche Erstausgabe Juni 2009
Abbildungen Cover: © photlook, Fotolia.com
Umschlaggestaltung: preData
Satz: preData
Geflügeltes Herz, Innenteil:
© Sebastian Kaulitzki, Fotolia.com
Printed in Czech Republic
ISBN 978-3-938489-95-6

Ines Witte-Henriksen

Lady Rowena

Die Leichtigkeit der Seele

Smaragd Verlag

Über die Autorin

Ines Witte-Henriksen, Jahrgang 1966, arbeitet als Heilpraktikerin in Norddeutschland. Mit verschiedenen Heilmethoden begleitet sie Menschen auf ihrem Weg. Sie gibt Channelings, Lesungen und Seminare mit den Aufgestiegenen Meistern. Sie lehrt Reiki und Magnified Healing.

Informationen erhalten Sie bei:

Ines Witte-Henriksen
Norderweg 12
24980 Meyn

(Bitte frankierten Rückumschlag beifügen (Porto 1,45 €))

Homepage: www.ines-witte-henriksen.de
eMail: InesShakanta@aol.com

Widmung

Für Andreas und Marianne,
in freilassender Liebe.

Inhalt

Meine Seele

Gefangen in einem Körper,
gefangen im ewigen Kreislauf der Wiedergeburten,
so lange,
bis ich die Wahl treffe,
mir selbst zu verzeihen.

Jetzt ist es an der Zeit,
mein Herz für mich selbst zu öffnen.

Ich bin gut darin, anderer Bedürfnisse zu erspüren
und sie zu nähren,
doch: Was brauche ich?
Was nährt mich?

Ich öffne mein Herz für meine Seele.

Die Reise nach Hause hat begonnen.

Shakanta

Ich lade dich ein, Mauern fallenzulassen.

Zum Geleit
Mein Herz und meine Seele

Willkommen zu einer Reise der Liebe, der bedingungslosen Liebe, die genährt wird durch die Aufgestiegene Meisterin Lady Rowena, die aber vor allem genährt wird durch die Quelle selbst, der unsere Seelen entspringen. Die Seele „weiß“, dass sie immer geliebt ist, sie „weiß“ um die nährenden Qualitäten der mütterlichen Quellenergien.

Diese Quellenergien sind
Maria,
Kwan Yin,
Lady Nada,
Lady Rowena.

Diese Meisterinnen werden zu Wort kommen, denn dieses soll ein Buch der Sattheit sein. Ich will, dass du satt wirst beim Lesen, und dass im Verstehen dein Verstand alte Muster aufgibt, damit du dich fühlen kannst, dein Herz und deine Seele. Das ist mein Anliegen.

Und was willst du?
Wie willst du dich fühlen am Ende deiner Reise?
Was ist dein Ziel in Bezug auf dich selbst?

Nimm einige tiefe Atemzüge.

Schließe deine Augen und nimm bitte eine offene Haltung ein, eine Haltung, die für dich das „Öffnen für dich selbst" ausdrückt.

Sei still.

Kannst du deine Seele spüren?

Kannst du sie überall spüren?
In dir und um dich herum?

Lade deine Seele ein, jetzt Einzug zu nehmen in deinen Körper.

Heiße deine Seele in deinem Körper willkommen.

Und jetzt: Öffne dein Herz für dich selbst und vergib dir.

Denn die Selbstverzeihung ist der goldene Schlüssel zur Kammer deines Herzens, zu jenen verschlossenen Räumen, zu denen du dir so lange keinen Zutritt mehr gewährt hast.

Du wolltest nicht mehr lieben, nie wieder so tief lieben, nie wieder so verwundbar sein.

Die Enge, die du vielleicht fühlst, ist entstanden aus der Angst, zu lieben und verwundbar zu sein.

Doch sei dir gewiss: DIE SEELE IST IMMER HEIL.

Indem du dir selbst nahe bist, können Herz und Seele wieder zu jenen unzertrennlichen Freunden werden, die dich durch dick und dünn begleiten.

Lass die Zartheit deiner Seele in deinem Körper jetzt erblühen.

Wisse dich beschützt in deinem Wachstumsprozess, den dieses Buch begleitet.

Erzengel Metatron ist der schützende Engel, der dich immer wieder in deiner lichten Kraft aus- und aufrichtet. Er erlaubt nicht, dass du am Boden liegen bleibst, wenn du an dir selbst oder am Leben verzweifelst, denn:
DER HIMMEL WEISS UM DEINE KRAFT.

Die Engel singen ein Mantra für dich:

„Du bist gut geführt,
wir glauben an dich,
wir glauben an deine Kraft.“

Vielleicht magst du einstimmen:

„Ich bin gut geführt,
ich glaube an mich,
ich glaube an meine Kraft.“

Nimm einige tiefe Atemzüge.

Öffne deine Augen.

Möge das Mantra der Engel deine Schritte begleiten.

In Licht und Liebe,
Ines Shakanta Witte-Henriksen

P.S.: An dieser Stelle möchte ich euch, meine Leser/Innen, Hörer/Innen, Seminarteilnehmer/Innen und Patient/Innen für das Vertrauen danken, das ihr mir entgegenbringt. Es nährt meine Seele.

Lady Rowena und Angelika
Freiheit und Liebe

Geliebtes Menschenkind, fühle dich umfangen in meiner Liebe, eingehüllt in eine zarte Umarmung aus Lilien- und Rosenduft.

Als Frau auf Erden habe ich lange gebraucht, um meine Zartheit zu entfalten. Schon immer sehnte ich mich nach Freiheit und Leichtigkeit, und je größer mein Sehnen wurde, desto mehr fühlte ich mich wie eine langsam kriechende, in sich selbst gefangene Raupe und nicht wie der freie Schmetterling, der das Transformationssymbol meiner Strahlung ist.

Diese Transformationsenergie stellt für dich Angelika bereit, deren meisterhafte Energien sich in einer herrlichen pink-violetten Strahlung ergießen, wann immer du es wünschst.

Angelika ist die Transformationsenergie, die sich hinter den Zeilen in diesem Buch verbirgt, fühlbar erweiternd, befreiend und Potenzial integrierend. Sie ist die Meisterin, die dir die Augen öffnet für die Schätze deiner Vergangenheit, sie ist jene Energie, die dich bei aller Erdenschwere ermuntert, nach vorne zu schauen, immer das Ziel der Leichtigkeit und persönlichen Freiheit vor Augen.

Bevor jedoch die Weite meiner Strahlung fühlbar wird, führe ich, Rowena, dich noch einmal in die Enge, in das Gefühl, gefangen in deinem Körper zu sein, gebunden an die Schwere der Erde.

Bitte erlaube dir jetzt, diesem Gefühl Raum zu geben.

Wo fühlst du die Enge?

Atme tief hinein.

Jetzt öffne dich für das Gefühl der Weite.

Wo kannst du es zulassen?

Dort atme es hinein und setze damit einen Impuls, der sich im Wasser deines Körpers wellenförmig ausbreitet, so, als würde Klang dich berühren.

Kannst du es fühlen?

Ich möchte dich bitten, deine Sichtweise über die Verbindung von Seele und Körper zu ändern.

Du bist keine Seele, die in einem Körper gefangen ist.

Sondern:

Du bist eine Seele, die sich ganz bewusst diesen Körper geformt hat, um Freiheit und Liebe zu erfahren.

Der Weg mit mir, Rowena, ist in erster Linie ein Weg, der der Aufhebung jener Begrenzungen dient, die der Verstand dir vorgibt. Deine begrenzenden Gedanken sind es, die dir das Gefühl von „Raupe“ geben, deine befreienden Gedanken lassen dich den „Schmetterling“ erfahren.

Was wählst du?

Du willst die Freiheit?

Nun, dann lass uns gemeinsam schauen.

Welche Gedanken machen dich unfrei?

Fertige eine Liste an.

Welche Gedanken erzeugen Weite und das Gefühl von Freiheit?

Und:

In welchen Situationen und in der Umgebung welcher Menschen und Räumlichkeiten beziehungsweise außerhalb von Räumen fühlst du dich gefangen?

Wo und mit wem fühlst du dich frei?

Und:

Was ist jeweils anders?

Sind es Erinnerungen?

Erinnerungen an Verletzungen durch Menschen?

Woran erinnern dich diese Menschen und Orte?

Angelika und ich, Rowena, öffnen jetzt dein karmisches Zellbewusstsein.

Denn wir wissen, dass diese karmischen Erinnerungen, wenn sie negativer Art sind, als Zellgifte in deinem Körper gespeichert sind.

Lass sie jetzt abfließen.

Denn, wie willst du Freiheit und Liebe leben, wenn du dir karmische Schuld und Nicht-Verzeihen-Können einredest?

Sind es nicht deine plappernden Gedanken, die sich in Schuldschleifen bewegen, sind es nicht deine Gedanken, derer du dich bedienst, um dich selbst zu bestrafen?

Warum hältst du fest?

Weil du an einen strafenden Gott glaubst, eine Autorität, die über dich richtet?

Glaube mir: Gott ist Liebe.

Das Richten übernimmst du selbst, indem du zwanghaft an jenen Bewertungen festhältst, die du einprogrammiert hast.

Dieses aber, geliebtes Wesen, hat nichts mit deiner wahren Natur zu tun.

So möchte mein Strahl dich in deine wahre Natur zurückführen:

Die Liebe zu Gott,

die Liebe zu den Menschen,

die Liebe zu dir selbst,

die Liebe zur Natur und zu den Tieren,

die Liebe zur Erde,

die Liebe zum Himmel,

die Liebe zu den vereinenden Kräften in dir.

Wir heben jetzt den inneren Streit auf. Angelika und ich, Rowena, eröffnen jetzt den Raum, dich als Ganzes zu fühlen. Eins mit Allem-was-ist, aber vor allem:

EINS UND IN FRIEDEN MIT DIR SELBST.

In Liebe,
Rowena und Angelika

P.S.: Nach dem Channeling aß ich Aprikosen. Und wer vergnügte sich dort? Eine Raupe! Zufall oder Botschaft?

Der rosafarbene Strahl des Herzens

Man sieht nur mit dem Herzen gut.
Das Wesentliche ist für die Augen unsichtbar.
(aus: Der kleine Prinz, A. de Saint-Exupéry)

Mit den Augen des Herzen zu sehen, mit den Ohren des Herzens sich selbst und anderen liebevoll zuzuhören, das Fühlen mit dem Herzen zu verbinden, das ist die Essenz der bedingungslos gelebten Liebe als Mensch unter Menschen. Ein liebendes Herz wertet nicht. Ein Mensch, der in der bedingungslosen Liebe lebt, wird keinen Mangel an Liebe fühlen und demzufolge nicht aus Bedürftigkeit handeln, sondern aus dem Bewusstsein, dass immer alles da ist, was er wirklich benötigt. Er lebt im Bewusstsein der Fülle.

Menschen brauchen Menschen, denn sie sind soziale Wesen. Doch gerade die Menschen, die sich auf Rowenas Strahl inkarniert haben, fühlen sich oft fremd unter den Menschen, isoliert und nicht gesehen. Sie neigen zum Rückzug, zu extremer Selbstreflexion, und vergessen dabei manchmal, sich einfach vom Leben tragen zu lassen. Manchen ist das Vertrauen in die Menschen abhanden gekommen, manche haben immer wieder mit Einbrüchen des Selbstwertgefühls zu kämpfen und geben entmutigt auf, weil ihnen der Glaube an sich selbst und das Vertrauen in die Menschen und in das Leben fehlt. Vielleicht haben sie niemals erfahren dürfen, wie es sich anfühlt, durch Menschen gehalten zu sein. Vielleicht haben sie in ihren

Vorleben wiederholt die Erfahrung gemacht, aus einem Zustand des „Wohlbehütetseins“ gewaltsam herausgerissen worden zu sein. Diese Menschen möchte ich ermuntern, sich dem eigenen Herzen zuzuwenden und die Strahlung von Lady Rowena in ihr Herz hineinzulassen. Dies kann einen intensiven Reinigungsprozess auslösen, ähnlich wie bei der Tarotkarte „Der Turm“. Es ist eine Einladung zur inneren Aspektarbeit, denn gerade mit Rowena dürfen wir unerlösten Herzensaspekten begegnen, wie zum Beispiel dem Neid, der Intoleranz, dem Hass, der Eifersucht etc.

Rowenas Strahlung ist im Dienst der Liebe kämpferisch, reißt Mauern nieder und stellt den gesunden Herzensstrom wieder her. Wenn Masken und Mauern fallen, in dem Maße, wie du dein O.K. dazu gibst, dann wird sich möglicherweise eine ganz neue Ordnung in deinem Leben einstellen. Doch: Vor der Ordnung steht das Chaos!

Wenn du dich sehr stark „nach Hause“ sehnst und dazu neigst, deine Füße vom Boden abzuheben und deine Wurzeln einzurollen, dann suche dir bitte in diesem Wachstumsprozess eine Person, die dir hilft, dich tief mit deinem physischen Körper zu verbinden. Mir persönlich haben Klangmassage und Ohrakupunktur sehr gut geholfen, mich stabil zu erden, als der Wirbelsturm durch den Turm meiner Emotionen fegte. Da die „Rowena-Menschen“ ein sehr großes geistiges Potenzial und eine hohe Intelligenz mitbringen, müssen sie darauf achten, dass die Energie „nicht zu sehr in den Kopf steigt“, und vor allem, dass die Gedanken sich nicht verselbständigen. Sie sind oft voller Ideen und Tatendrang. Doch es mangelt an der

Umsetzung, wenn die Rowena-Persönlichkeit es ablehnt, sich mit den alltäglichen Normalitäten abzugeben. Das Herz braucht Wurzeln, nur dann kann es seine Flügel entfalten.

Menschen auf diesem Strahl fühlen sich oft als etwas Besonderes, was aus einer Ahnung oder einem Wissen um ihr Potenzial resultiert. Sie erleben sich dann sehr distanziert. Der Strahl von Rowena spiegelt in manchen Aspekten eine eigenartige Mischung aus Selbstbewusstsein und in anderen aus niedrigem Selbstwertgefühl eine gewisse „Krassheit" und Sanftheit, Güte und Kampf, Zorn und Zärtlichkeit wider, und der Mensch kann sich hier in seinen eigenen Extremen spiegeln. Auch Verlassenheitsgefühle spielen eine Rolle, und Rowena führt den „Verlassenen" zu dem Punkt zurück, an dem er sich selbst verlassen hat, weil er sich vom äußeren Schein hat blenden lassen.

Mit Rowena können wir auf der Spirale der Liebe ein gutes Stück vorankommen. Wir können zu einer Persönlichkeit heranreifen, die ihr Herz am rechten Fleck hat und bereit ist, sich mit allen Aspekten des Menschseins zu befassen, mögen sie auch noch so banal und alltäglich erscheinen.

Wer sich zu Rowenas Strahl hingezogen fühlt, hat möglicherweise eine große Affinität zu Königshäusern, Burgen, Schlössern, zu höherem Adel; manch einer war schon oft in königlichen Familien inkarniert, und diese königliche Würde gilt es nun in das alltägliche Menschsein des „Fußvolkes" zu integrieren. Denn das Herz verlangt nach Ebenbürtigkeit und hat keinerlei Ambitionen, über andere zu herrschen. Doch wir dürfen und sollen König/Königin oder Prinz/Prinzessin im eigenen Reich sein, und das ist schon Aufgabe genug, die Gedanken „zu beherrschen" und die „Emotionen zu bemeistern", sodass sie nicht ihr Eigenleben führen. Prinzessin Diana, die Königin des Herzens, darf uns hier ein gutes Vorbild sein.

Denken wir an Jeanne d'Arc als eine der Inkarnationen von Rowena, dann wird deutlich, dass Rowena uns dabei hilft, Stimmen zu unterscheiden. Unser Verstand produziert Kopfstimmen, die aus dem Ego geboren sind. Sie überlagern die innere Stimme, die Stimme des Herzens, zu der Rowena uns Zugang verschaffen möchte. Je klarer der Kontakt zur Stimme des Herzens wird und je mehr wir lernen, auf diese Stimme zu hören und ihr wieder zu vertrauen, desto mehr wird es uns gelingen, Verstand und Herz in eine gesunde Einheit zurückzuführen, die uns auf dem Weg weitaus dienlicher ist als der altgewohnte Kampf zwischen den beiden. Wenn wir die Waffen der Selbstzerstörung niederlegen und in unserem Innersten für uns selbst die Friedensfahne hissen, dann wird Energie frei, die es uns möglich macht, unsere Schritte gehen zu können. Der Verstand mag vielleicht hier und dort noch seine Zweifel kundtun; nun, an Zweifeln wachsen wir. Und er mag fragen: „Lohnt sich der Einsatz?" und „Was bekomme ich dafür?" Doch danach fragt das Herz nicht. Seine Stimme sagt: „Gehe den Weg der Liebe, egal, ob du glaubst, dass es sich lohnt. Gehe einfach, gehe und sieh dich nicht um. Du brauchst alle deine Kraft für das Vorwärts. Und für jeden Zweifel, der dir begegnet, wirf innerlich einen Kieselstein fort. Dadurch lässt du los, und Loslassen ist so wichtig."

Rowenas Strahl der Liebe bietet uns – vielleicht mehr als jeder andere der Meisterstrahlen – das Geschenk der Aussöhnung mit uns selbst. Ein Mensch, der mit sich selbst ausgesöhnt ist, macht sich bereit, seinen Dienst zu erfüllen, gemäß seiner Bestimmung und seines Herzensauftrags. Und dieser Dienst, zu dem sich der Mensch freien Willens gemeldet hat, den zu erfüllen die Seele überhaupt noch einmal einverstanden war, unter den schwierigen Bedingungen irdischer Begrenzungen wiederzukehren, ist vielleicht das Wesentliche und Einzige, für das das Herz wirklich brennt.

Rowena ruft dir zu, dich deinem Herzen zuzuwenden und herauszufinden, weshalb du wirklich hier bist. Und wenn sich die Schleier, die deine Vision noch verhüllen, nur langsam zu lüften scheinen, so folge doch den lebendigen Impulsen deines Herzens so weit es dir möglich ist, in dem Maße, wie du sie wahrnehmen kannst.

Jeder hat seine ganz eigene Wahrnehmung. Der eine ist sehend, kraft seines Dritten Auges, der andere fühlend, und wieder ein anderer ist in der Lage, Gedanken zu lesen. Und wir Menschen, wir wollen so oft alles, und das gerne sofort, frei nach dem Motto: „Herr, bitte gib mir Geduld, aber ein bisschen plötzlich!" Doch wir müssen akzeptieren lernen, dass wir eine ganz eigene Bestimmung haben und sich gemäß dieser Bestimmung bestimmte Fähigkeiten entfalten werden. Wir können uns darauf verlassen, dass unsere geistigen Freunde wohlwollend für uns wirken und dafür Sorge tragen, dass die richtigen Menschen sich begegnen und unser Potenzial sich genau zum richtigen Zeitpunkt entfaltet wie eine Blüte, die ja auch ihren Zeitpunkt des Erblühens hat. Auch in ihrem Samenkorn war ihre Bestimmung und die Zeit ihrer Blüte festgelegt. Auch die Blüte folgte ihrem Plan. Und so dürfen wir Menschen demütig akzeptieren, dass es eine höhere Ordnung gibt, die liebend und schützend auch über die Entfaltung unserer Fähigkeiten und Anlagen wacht.

Es ist mehr als gesund, wenn Potenzial nach und nach frei wird, denn wir alle haben unseren Alltag, und es ist eine große Aufgabe, das geistige Potenzial und unsere Fähigkeiten in diesen zu integrieren. Manchmal kann es sich anfühlen, als würde man ein Doppelleben führen. Wer zum Beispiel an Karma glaubt, der wird stets bemüht sein, alle karmischen Aspekte zu erfassen, zu ergründen und zu bearbeiten. Doch nicht mit vielen kann man sich darüber austauschen (manchmal darf man es auch nicht, damit die Auflösung erfolgreich gelingt), das heißt, es ist teilweise auch ein Leben in Einsamkeit und Isolation, obwohl man vielleicht in eine Familie, Ehe, Partnerschaft und auch beruflich voll eingebunden ist. Und bei alldem ist es notwendig, mit beiden Füßen fest auf der Erde zu stehen, denn sonst trägt einen dieses „Doppelleben" hinaus, und das darf nicht passieren. Denn dazu ist Spiritualität auch nicht gedacht. Zu unserer spirituellen Herkunft zu stehen, soll es uns erleichtern, ein auf allen Ebenen integriertes Leben zu führen.

Manchmal habe ich das Gefühl, dass die Spiritualität falsch genutzt wird wie ein Alibi, ein besserer Mensch zu sein, zum Beispiel. Das macht mich sehr betroffen und traurig, und wenn es mir dann nicht gelingt, die Menschen umzustimmen, dann könnte ich wirklich verzweifeln. Vielleicht ist es den Meistern ähnlich ergangen, wenn ihre Impulse wieder einmal im Sande verliefen. Ich glaube, dass es sich wirklich lohnt, sich in den Tugenden der Meisterstrahlen zu spiegeln und diese als Aspekte in sich selbst zur Vervollkommnung zu führen. Ich persönlich sehe darin nichts Abgehobenes, im Gegenteil, denn wir alle haben eine spirituelle Herkunft, wir alle haben eine Seele. Und in meinen Augen macht es keinen Sinn, die eigene Seele zu verleugnen, denn das würde auch bedeuten, das Leben zu leugnen und den Sinn des Lebens zu leugnen. Wenn du Leugnungen auflösen möchtest, dann bitte Christus, dir dabei zu helfen. Sei dir gewiss, er wird es tun.

Rowenas Strahl fordert uns auf, uns mit unseren irrationalen Ängsten konstruktiv auseinanderzusetzen, auch mit der Angst vor Menschen und vor ihren Reaktionen, sowie mit dem Wunsch, das Leben oder die Handlungen der Menschen kontrollieren zu wollen, um sich abzusichern und Halt zu finden. Meine Wahrnehmung ist, dass gerade diese, nicht greifbaren Ängste ihren Ursprung in unseren Vorleben haben. Wenn ich diese Ängste als irrational bezeichne, dann meine ich damit nicht, sie sind grundlos. Kein Mensch hat grundlos Angst. Nur manchmal können wir den realen Ist-Bezug zu dieser Angst nicht herstellen, weil sie karmisch bedingt ist. Die Kraft der bedingungslosen Liebe wird uns helfen, von der „Kontrollsucht“ loszulassen, geht es doch darum, Halt und Geborgenheit in sich selbst zu finden. Wenn da nur nicht die große Angst wäre, wieder einmal enttäuscht oder fallengelassen zu werden. Diese Angst kannst du nur durch dich selbst besiegen, indem du dem Leben die Hand reichst und Schritt für Schritt wieder beginnst, dem Boden unter dir zu vertrauen. Das braucht Mut, ich weiß.

Als ich mich tief auf die Strahlung von Rowena einzulassen begann, bekam ich eine Art Initiation in ihre Strahlung, die mich ein gutes Stück die Spirale der Liebe aufwärts trug. Doch diese Initiation hätte ich mir bewusst nicht gewählt. Ich gehe jedoch davon aus, dass ich auf einer höheren Ebene mein Einverständnis dazu gegeben habe. Meine geistigen Freunde waren tröstend und Halt gebend an meiner Seite und erklärten mir, dass es die schnellste Möglichkeit meines Wachstums ist. Ich hatte Djwal Khul an der einen und Hilarion an der anderen Seite, mich haltend, während ich zögernd einen Schritt vor den anderen setzte. Wann immer ich um die nährende Kraft der weiblichen Quellenergien bat, waren sie fühlbar anwesend. Und auch meine Engel waren immer zur Stelle. Oft konnte ich die Geborgenheit fühlen, die sie mir gaben, doch es gab auch Momente von Panik, Angst sowie das Gefühl, müde von den Anstrengungen des Lebens zu sein.

Zu der Zeit sang ich im Gesangunterricht ein Lied von Händel mit dem Text: „Mary, oh hide me in your breast, weary of life am I".[*] Das passte zu dem Zeitpunkt sehr

---

[*] (Oh, Mary, nimm mich an deine Brust, ich bin des Lebens überdrüssig.)

gut. Dieses Lied gab mir Kraft, wann immer ich es sang. Meine Gesangslehrerin hat eine gute Antenne dafür, zum richtigen Zeitpunkt genau die passenden Lieder für mich auszuwählen. Im Zuge der Vorbereitung zu diesem Buch durfte ich Menschen begegnen, bei denen sich meine Seele ein Stück weit gesehen fühlte, wie zum Beispiel meiner Gesangslehrerin, meiner wundervollen Harfenlehrerin, in deren liebevoll strengen Unterrichtsstunden sich manchmal ein Stück des Himmels öffnet, und auch Ärzten, lagen doch wieder etliche Stunden auf dem Zahnarztstuhl, eine Operation und der Hörsturz hinter mir. Ich weiß, dass diese Erfahrung mit Namen „Hörsturz" in meinen Plan gehörte, doch ich empfand sie als sehr krass.

Jetzt, da die Symptome nach und nach heilen, kann ich diese Erfahrung rückblickend auch schon anders betrachten. Der Hörsturz ereignete sich an einem Tag, an dem ich mich sehr glücklich und entspannt fühlte. Nach einem Frühstück mit Freundinnen und Kolleginnen bummelten wir gemütlich durch Husum, als sich mein Kopf plötzlich „wie in Wolken" anfühlte. Es war ganz ruhig in meinem Kopf, nicht unangenehm, und ich erzählte auch niemandem davon, weil ich keine Bedrohung fühlte. Die fühlte ich erst nachts, als ich mit einem ganz lauten Ohrgeräusch wach wurde. Da war das Gefühl von Panik, weil ich den Ton zunächst nicht abstellen konnte. Zum Glück war mein Mann an meiner Seite. Ich dachte an alle Menschen, die immer so ein Geräusch haben, und ich konnte in dem Moment verstehen, dass man am liebsten aus dem Fernster springen würde, um dem Geräusch zu entfliehen. Ich behandelte mich sofort intensiv selbst mit Reiki, Magnified Healing und R.E.S.E.T., einer Kieferbalance, und mit Homöopathie. Zum Glück half alles, und das Geräusch ging immer mehr zurück. Gott sei Dank!

Weil ein Zahnherd Mitauslöser war, wurden in der darauffolgenden Zeit zwei Zähne gezogen. Nachdem diese entfernt waren, besserte sich mein Allgemeinzustand, und nach und nach gingen auch die Symptome der Fibromyalgie zurück, mit deren Heilung ich mich jahrelang befasst hatte. Die Akupunktur beim Hals-Nasen-Ohren-Arzt brachte Befreiung auf vielen Ebenen. Das verordnete Gingko-Präparat wirkte ebenfalls sehr gut. Zusätzlich testete ich mir kinesiologisch die Nahrungsergänzungen aus, die mein Körper für seine Heilung benötigte. Ich bearbeitete das Thema auf allen Ebenen, erfuhr viel über mich selbst und hatte jede Hilfe, die ich brauchte, um die Lösung herbeizuführen. So hatte ich wieder einmal Glück. Der Heilungsprozess brauchte Geduld sowie die beständige Hinwendung an mich selbst, ging es doch darum, noch mehr auf mein Inneres, auf die Stimme des Herzens, zu hören. Morgens und abends behandelte ich meine Ohren, Augen und meinen Nacken mit Reiki. Dabei entstand die folgende Behandlungsform zur Vernetzung der Sinne mit dem Herzen.

Reiki-Behandlung zur Vernetzung der Sinne mit dem Herzen

Leg dich bequem hin.

Eine Hand verweilt auf dem Herzchakra, während die andere nacheinander Ohr und Auge der einen Seite behandelt.

Wechsle dann die Hände und behandle Ohr und Auge der anderen Seite.

Bei dieser Behandlung ist die innere Absicht die Vernetzung der Sinne mit dem Herzen.

Ich erfuhr, dass ich in der Vergangenheit meine Sinne falsch genutzt hatte. Jetzt hatte ich Gelegenheit, dieses Muster zu korrigieren. Der Heilungsprozess verlief in Wellen. Es gab auch mal Rückschritte, doch in der Tiefe ging es allmählich vorwärts. Das Symptom des Schwindels führte mich zu der intensiven Beschäftigung mit dem Thema: „Halt in mir selbst." In dieser Zeit befasste ich mich mit Literatur und Musik von Tom Kenyon. Die Musik trug sehr zu meiner Heilung bei. In der Meditation tauchten Wale auf, die mir die Botschaft gaben, die Töne in meinem Kopf als Heiltöne zu betrachten. In einer Akupunktur-Sitzung, in die meine Freundin „zufällig" zur gleichen Zeit eine Lichtbahnen-Behandlung schickte, bekam ich intensiven Kontakt zu meinem Klanglehrer IMAYA. Ich fand mich plötzlich während der Behandlung in einer Pyramide in Atlantis wieder. IMAYA war dort, umgeben von Klanginstrumenten, und sagte mir, dass er seit Anbeginn der Zeit mein Klanglehrer sei. Das Gefühl, das mich mit ihm verband, kenne ich sonst nur von meinem Geistführer Hilarion. Ich wusste in dem Moment: IMAYA gehört dazu. Er gehört in mein geistiges Team.

IMAYA erklärte mir, dass der Hörsturz dazu diente, mich darauf einzustimmen, die Chöre der Engel zu hören. Wann immer es in meinem Kopf wie in einer Heizung rauschte, stellte ich mir vor, dass ich mich in der Feineinstellung meines inneren Empfängers befand. Diese Vorstellung und die inneren Bilder, die ich bekam, halfen mir, die Momente der Panik und das Gefühl der Bedrohung zu überwinden, die die Symptome zeitweise in mir auslösten. Hilarion versicherte mir, dass alle Symptome zurückgehen würden. Manchmal sah ich mich umgeben von Engeln, die auf ihren goldenen Harfen spielten und für mich sangen. Sie erinnerten mich an meine Vision, den Menschen Gott über die Stimme und die Klänge näherzubringen. Von dieser Vision jedoch fühlte ich mich meilenweit entfernt. Ich nahm zwar Gesangs- und Harfenunterricht, doch irgendwie kam ich nicht schnell genug voran.

In meiner Vision gab es einen Chor von Nonnen. Diese Nonnen sangen Musik in der Art der Heilmusik von Hildegard von Bingen. Ich wusste, dass ich eine der Nonnen und es meine Aufgabe war, die anderen Nonnen hier auf der Erde wiederzufinden, um mit ihnen Heilmusik zu machen. Doch noch hatte ich meine Freundinnen aus Klosterzeiten nicht wiedergefunden. Ich sehnte mich nach ihnen und auch danach, unsere Vision zu erfüllen, doch es war noch nicht der richtige Zeitpunkt für ein Wiedersehen gekommen. Ich sehnte mich nach einer musischen Gemeinschaft, die funktionierte. Mein Wunsch ist es, zum Beispiel für Menschen in Krankenhäusern zu singen und ihnen auf diesem Weg Geborgenheit, Wärme und das Gefühl, geliebt zu sein, zu schenken. Mein Herz möchte sich verströmen. Noch wusste ich allerdings nicht, wie sich meine Vision erfüllen konnte. Vielleicht durch das Leben selbst, indem ich meine Schritte gehe.

Heute gehe ich meine Schritte auf dem Herzensweg.

Ich vertraue darauf, dass das Leben mich trägt
und Gott mich führt.
Ich vertraue auf die schützende Hand meiner Engel.
Ich lausche den Klängen des Himmels
und fühle mich geborgen.

Ein Drachenmärchen

Der Drache und die Prinzessin im goldenen Käfig

In einem fernen Land namens Alaniah lebte ein freundlicher Drache im Rosengarten eines Schlosses. Man hatte ihm die Flügel gestutzt und ihm eine Fußfessel angelegt, damit er nicht fortfliegen konnte. Er hatte sich mit seinem Schicksal abgefunden, bekam er doch sehr gut zu essen und tägliche Streicheleinheiten von der Prinzessin Marie-Anna.

Zärtlichkeit und Liebe waren für Marie-Anna sehr wichtig, war sie doch auf dem rosafarbenen Strahl geboren. Auch Prinzessin zu sein gefiel ihr im Grunde ihres Herzens sehr, wenn nur...

Der Drache seufzte, als er an Marie-Annas Schicksal dachte. Ja, wenn nur ihre Eltern nicht so kalt und abweisend zu ihr wären. Es lag ihnen nicht, Gefühle zu zeigen. Sie waren das Herrschen gewöhnt und wirkten eher kühl und distanziert. Ihrem Vater machte Marie-Anna keinen Vorwurf, denn er musste ja den Lebensunterhalt verdienen und war immer sehr beschäftigt. Tief in ihrem Herzen fühlte sie, dass er sie abgöttisch liebte. Doch sie litt sehr unter der Kühle ihrer Mutter. Nichts konnte sie ihr recht machen. Niemals genügte sie ihr. Auch ihr Äußeres entsprach von Baby an nicht den Vorstellungen ihrer Mutter. Ihre Mutter legte sehr viel Wert auf Äußerlichkeiten und darauf, das gute Bild der Familie nach außen zu wahren.

So lief Marie-Anna der Liebe der Mutter hinterher. Der Schmerz des Nicht-Geliebt-Seins grub sich tief in Marie-Annas Herz. Sie schwor sich, niemandem diesen Schmerz zu zeigen. Nur der Drache wusste davon, aber das ahnte Marie-Anna nicht. Der Drache war nämlich ein Seelendrache, der in der Drachenschule darin ausgebildet worden war, tief auf den Seelengrund zu blicken. Diese Fähigkeit aber behielt er für sich.

Der Drache liebte es, wenn Marie-Anna Harfe spielte, um sich selbst zu trösten.

Obwohl die Klänge und Marie-Annas Gesang einem tiefen Seelenschmerz entsprangen, barg ihre Musik eine eigene Harmonie in sich, die nicht nur Marie-Annas Herz, sondern auch das Herz des Drachens heilte.

Eines Nachts träumten der Drache und Marie-Anna denselben Traum. Sie träumten davon, in einem goldenen Käfig zu sitzen. Sie hatten alles, was sie brauchten, um ihre Lebensfunktionen aufrechtzuerhalten. Ihre Körper waren satt, doch ihre Herzen waren leer und hungerten nach Liebe. Obwohl die Tür des goldenen Käfigs offenstand, waren beide geblieben. Sie fühlten sich Marie-Annas Eltern verpflichtet, weil diese für ihren Lebensunterhalt aufkamen.

Doch in diesem Traum siegte ihre Sehnsucht nach Liebe und Freiheit. So trafen der Drache und die Prinzessin eine neue Wahl. Sie entschieden sich dafür, gemeinsam die Sicherheit des Käfigs zu verlassen.

In dem Moment, in dem sie aus dem Käfig heraustraten, durchfuhr ein warmer Liebesstrom ihr Herz, und mit dem Drachen geschah eine wundersame Verwandlung. Er verwandelte sich in einen Mann, in dem Marie-Anna sofort ihren Seelenpartner erkannte, sah sie doch mit den Augen des Herzens. Auch der Mann erkannte in Marie-Anna seine Seelengefährtin, denn er konnte auf den Urgrund ihrer Seele schauen.

Die beiden lebten fortan ein einfaches Leben. Marie-Anna heilte die Herzen der Menschen mit ihrer Musik und ihrem Gesang und ihr Mann schaute auf den Urgrund der Seele der Menschen und Tiere, die ihn um Rat fragten. Für jeden hatte er die richtige Medizin.

Denn um das Herz zu heilen, gibt es nur ein einziges Mittel: DIE LIEBE.

Shakanta

Heute treffe ich eine neue Wahl:
Ich verlasse den Käfig aus Angst und Enge,
folge meinem Herzen und wähle stattdessen
Freiheit und Liebe.

Die Tiefen der rosa Strahlung

Als ich mich tiefer auf den rosa Strahl von Rowena einließ, wurde mir klar, dass dieses Buch auch den Titel „Die Geschichte meines Lebens“ tragen könnte. Von meinen geistigen Freunden erfuhr ich, dass ich mit dem Schreiben mein bisheriges Leben (oder soll ich sagen: meine bisherigen Leben?) verarbeiten würde. Ja, es ist so. Die hellen und dunklen Tiefen, Licht und Schatten des rosafarbenen Strahls, kenne ich in und auswendig:

- die Einsamkeit,
- die Selbstzweifel,
- den Kopf, der das Herz dominiert,
- den Wunsch nach Kontrolle, damit es nicht noch schlimmer kommt,
- die innere Zerrissenheit im ewigen Dilemma des inneren Konflikts: Was ist richtig, was ist falsch?
- abgrundtiefe Angst und Haltlosigkeit,
- die Angst vor dem Bodenlosen,
- die Suche nach Liebe,
- Suchttendenzen,
- Selbstbestrafungsmechanismen,
- Autoaggression und Immunsuppression
- Wer keine Probleme hat, der macht sich welche,
- Sehnsucht nach Freiheit,
- Sehnsucht nach „Hause“, nach einer besseren, heileren Welt,
- Isolation,

- Außenseiterposition, vor allem in der Kindheit,
- Angst vor Verletzung/Enttäuschung,
- Probleme mit der Erdung/den Boden unter den Füßen verlieren,
- das Gefühl von Eingesperrtsein/Gefangensein,
- die Flucht vor den eigenen Gefühlen,
- zu viel fühlen/zu hohe Durchlässigkeit und in der Folge Reizüberflutung,
- Probleme im Zwischenmenschlichen aufgrund der eigenen, komplizierten Seelenstrukur,
- Angst vor Menschen und ihrem Verhalten,
- Tendenz, sich zu rechtfertigen,
- Zorn und Wut, die in der Angst vor den Menschen wurzeln,
- der innere Konflikt zwischen Angst vor Nähe und der Sehnsucht nach Nähe,
- starke Selbstbezogenheit,
- nagende Schuldgefühle, die Schuld bei sich suchen,
- innere „Aufrüstung“,
- Anpassungsmuster, die der Sehnsucht nach Liebe beziehungsweise einem Mangel an Liebe entspringen,
- Mutlosigkeit, bei Herausforderungen schnell aufgeben,
- die zeitweilige Abspaltung vom Fühlen, weil das Fühlen mit Schmerz verbunden war oder ist,
- die Neuverknüpfung des Fühlens mit einem positiven Erleben,
- Herzensmauern (Dornenhecke) und das Warten auf den „Prinzen“, die Erlösung, die Befreiung,

- die Erkenntnis, dass die Befreiung nur durch sich selbst geschehen kann,
- künstlerisches Potenzial,
- musisches Potenzial,
- die Fähigkeit, sich einzufühlen,
- das Leiden darunter, dass die Seele nicht gesehen wird,
- Neid, Hass, Eifersucht „alle anderen haben/können/machen es besser",
- das Vergleichen mit anderen; in diesem Vergleich schneidet man selbst immer schlechter ab; das Licht unter den Scheffel stellen,
- Probleme mit dem Selbstwertgefühl,
- keine Wahl fühlen,
- die Möglichkeit erkennen, dass man in jedem Augenblick neu wählen kann, um die Energien richtig zu bahnen,
- Lernen, den Eigenwillen konstruktiv zu lenken,
- das willensstarke, bockige Innere Kind schreit nach Liebe,
- chronische Erkrankungen, die ihren Ursprung in einem Liebesdefizit haben,
- der Schrei nach Liebe,
- Selbstliebe – was ist das?
- die Eigenliebe neu entdecken,
- Saat säen und Geduld bewahren; die Blüte geht in ihrer Zeit auf,
- dem Herzen folgen; dabei darf der Verstand weiser Ratgeber sein,

- eigene Schritte der (Selbst)befreiung gehen,
- Distanziertheit, isolierendes Überlegenheitsgefühl aus Unsicherheit,
- die Unterscheidung der Stimmen,
- Anfälligkeit für Fremdeinflüsse/Fremdenergien,
- in den Rhythmen des Alltags Halt, Stabilität und Erdung finden,
- das Chaos ordnen,
- große Freiheitsliebe,
- klare Strukturen finden, die zur Freiheitsliebe passen,
- scharfer Intellekt,
- ein kreativer Geist, der es gewohnt ist, „zu fliegen“,
- Ideenreichtum,
- die Erinnerung an eine freie Liebe, wo das Herz sich an der Freude im Verströmen erfüllt,
- das Leiden unter den Bewertungen der Mitmenschen,
- das Leiden unter den Begrenzungen des Menschseins,
- starke Selbstbewertung,
- der Druck der Perfektion,
- „keiner will mich“, „keiner liebt mich“; das Gefühl, nicht liebenswert zu sein,
- das verschlossene Herz,
- das offene Herzchakra.

Rowena klopft dann an die Herzenstür, wenn sie erkennt, dass der Wunsch zu lieben größer ist als die Angst vor der Liebe. Dann darf sie, wenn der Mensch es möchte, damit beginnen, sich vorsichtig der Aura des Menschen zu nähern, wohl wissend, dass sie damit einen Wachstumsprozess in Bewegung setzt, der von dem Menschen selbst sehr viel Mut erfordert. Mut, die Herzensmauern niederzureißen, hinter der er sich aus Angst vor Nähe, Verletzung oder Enttäuschung verschanzt hat. Jede Herzensmauer hat ihre Berechtigung, doch ihre Aufrechterhaltung kostet enorm viel Energie. Es lohnt sich, sich zu fragen, welche Mauer- und Verteidigungsstrategien aus Kindheitstagen heute im Erwachsenenalter noch Sinn machen und welche nicht.

Mit Erzengel Chamuel hat Rowena einen starken Helfer an ihrer Seite. Er hat eine Herzenstor öffnende Funktion. Manchmal lassen wir die Engel leichter an uns heran als die Meisterenergien, wohl wissend, dass die Engel uns mit ihrer Leichtigkeit berühren, während die Meister uns bewusst machen, woran wir noch arbeiten dürfen. Engel und Meister erfüllen ihren Dienst der Liebe auf ihre eigene Art und Weise. Dabei arbeiten sie oft Hand in Hand, zum höchsten Wohl aller. Sie haben Einblick in eine höhere Ordnung, die der Mensch mit seinem Verstand nicht erfassen kann. Doch wir können diese Ordnung fühlen. Wenn wir auf die höhere Ordnung eingestimmt sind, dann fühlen wir uns innerlich zufrieden und wohl. So arbeiten die Engel und Meister für unseren inneren Frieden und unser Wohl. Sie helfen uns, wo sie können und dürfen, und begleiten jeden Einzelnen unserer Wachstumsschritte. Auch wenn wir sie nicht immer fühlen und sehen können, so sind sie immer um uns. Das ganze Team begleitet uns. Höre auf, dir zu wünschen, sie zu sehen – und du wirst sie sehen.

Höre auf, dir zu wünschen, sie zu fühlen – und du wirst ihre Nähe spüren. Je näher du deinem Herzen rückst, umso mehr wirst du dir gestatten, deine geistigen Freunde zu fühlen. Glaube mir, sie haben dich niemals verraten. Sie haben immer zu dir gehalten, welche Wahl auch immer du getroffen hast. Es ist an dir, dir selbst zu verzeihen. Verzeihe dir deine Irrwege, wenn du sie als solche bezeichnen magst. Vielleicht waren es Umwege, vielleicht waren gerade sie der direkte Weg. Eines Tages wirst du es wissen. Verzeihe dir!

Schön, dass du bereit bist, dein Herz für dich und die Liebe zu dir selbst zu öffnen. Ein großes Danke an dich selbst. Wenn nicht du, wer dann soll Respekt vor deiner Seele haben und vor den Wegen, die du als Mensch gegangen bist? Von wem erwartest du Wertschätzung? Ja, weine deine Tränen.

Auch ich habe meine Tränen geweint, und manchmal hatte ich das Gefühl, dass es nicht nur meine Tränen waren. Es ist gut, dass die Tränen die Fenster der Seele klären. Es ist doch heilsam, wenn endlich etwas in Fluss kommt und du mehr und mehr deinen wundervollen Liebesstrom fühlen kannst – so warm, so gut, so rein wie die Quelle selbst. Das, was du da fühlst, das ist dein Herz. Es ist dein Herz, das sich wieder öffnet. Wie schön. Wie wunderbar. Erlaube der Blüte deiner inneren Schönheit, sich zu entfalten.

Ich erlaube die Nähe meiner Engel.
Mein Herzenstor öffnet sich.
Ich verzeihe mir selbst.
Ich sehe und fühle meine Schönheit.
Ich bin rein und gut.

Erzengel Metatron
Über die Stufen der spirituellen Entwicklung

Im Laufe eurer Entwicklung wachst ihr so manches Mal über euch selbst hinaus. Dabei bleibt ihr mit eurem Körper verbunden, so lange ihr noch teilnehmt am Zyklus der Wiedergeburt. Doch eines Tages wird euer letzter Tag auf Erden anbrechen. Dann lasst ihr die Erde für immer los, um in liebender Fürsorge euren Dienst auf höheren Ebenen zu erfüllen. Doch so lange ihr auf der Erde seid, möchte ich euch bitten, jedem einzelnen Tag das Beste zu geben, um euer spirituelles Selbst eins werden zu lassen mit dem physischen Körper. Manche von euch fühlen die Sehnsucht nach ihrer spirituellen Heimat so stark, dass in ihnen oft schon in Kindheitstagen die Sehnsucht zu sterben geboren wurde. Es ist Zeit, diese Sehnsucht jetzt sterben zu lassen, denn ihr könnt euren Tag nur dann voll und aus ganzer Freude leben, wenn ihr euch mit allen euren Sinnen dem Jetzt, dem Leben hier auf der wundervollen Erde, zuwendet. Dieses Leben braucht eure volle Aufmerksamkeit. Selig diejenigen, die Kinder und Tiere haben, denn diese verbinden eure Aufmerksamkeit immer wieder mit dem Jetzt. Aber auch wenn ihr alleine seid, ist es möglich, die Verbindung mit dem Jetzt zu vertiefen. Also, lass jetzt bitte deine Todessehnsucht los, gib sie mir und wende dich ganz dem Leben zu.

Wenn du erlaubst, dass die Lebendigkeit des Lebens dich erfüllt, dann erfährt dein zweites Chakra Belebung, was unter anderem dazu führt, dass deine Freude sprudeln kann. Deine Kreativität wird belebt. Das wiederum ist die Voraussetzung dafür, dass du dein Leben schöpferisch gestalten kannst und dir das Leben erschaffst, das du wirklich leben willst. Es ist wirklich möglich, den Alltag in Freude zu erfüllen. Ich wünsche dir, dass die Freude dein ständiger Begleiter ist. Wenn du ständig mit deiner Sehnsucht nach Hause beschäftigt bist, dann bist du – bildlich gesprochen – immer mit einem Bein im Himmel und mit dem anderen auf der Erde. Du brauchst aber beide Beine auf der Erde, denn wie sonst willst du dich bei allem Wandel, den das Leben mit sich bringt, erden? Und wie willst du dienen, wenn ein Teil von dir immer schwebt? Glaube mir, du wirst schweben, aber dieses Schweben ergibt sich aus der Hinwendung an dich selbst und an das Leben und auch dadurch, dass du dich auf die Menschen einlässt. Nicht nur auf deinesgleichen, auf Gleichgesinnte, sondern auf alle Menschen, die dir über den Weg laufen.

Höre auf, die Menschen in „spirituell" und „nicht spirituell" einzuteilen. Wie spirituell sind gerade jene Menschen, deren Alltag einer einfachen Ordnung folgt und die eben nicht über Worte hervorheben, wie „spirituell" sie sind und was sie alles tun, um „noch spiritueller" zu werden. Oftmals ist ihnen gar nicht bewusst, dass sie spirituell sind. Sie folgen ihrem Sinn für Gerechtigkeit und Ordnung und leben gemäß der Tugenden des Herzens: in reiner Absicht, in Freundlichkeit und Güte. Selten kommt ihnen ein unfreundliches Wort über die Lippen, es sei denn, sie fühlen sich in die Enge gedrängt, weil unsichtbare Grenzen überschritten wurden. Diese Menschen pflegen eine sehr direkte Kommunikation, die rein und klar mit dem übereinstimmt, was sie in ihrem Inneren fühlen. Kennst du solche Menschen? Könntest du dir vorstellen, dass es erstrebenswert wäre, weniger abgehoben zu leben und genau wie diese Menschen beide Beine auf den Boden zu stellen? Das wäre sehr empfehlenswert.

Ich erde jetzt dein Licht.

Und ich tue es dafür, dass dein Herz endlich Wurzeln bekommt – und Flügel, die sich aus der Verwurzelung deiner Liebe auf Erden ergeben.

Das Symbol des von Freude erfüllten Herzens ist das geflügelte Herz. Die Flügel drücken seine Leichtigkeit aus.

Die Herzensaspekte sind

- *Freundlichkeit,*
- *Achtsamkeit,*
- *Verantwortungsbewusstsein,*
- *Versöhnlichkeit,*
- *Barmherzigkeit,*
- *Mitgefühl,*
- *zuhören können,*
- *Herzenspräsenz,*
- *Sich der Liebe bewusst sein,*

- *Liebesbewusstsein,*
- *Gemeinschaftssinn,*
- *soziales Engagement,*
- *sich einlassen können,*
- *Frieden und Liebe,*

um nur einige zu nennen. Doch wenn du diese beherzigst, dann wird sich mehr und mehr ein Gefühl inneren Friedens einstellen, Voraussetzung dafür, um weiterführende Aufgaben nach deinem Erdenleben zu übernehmen. Im Grunde bist du nie ganz fertig, so lange du lebst, und doch ist gleichsam alles vollkommen, alles perfekt eingefädelt, alles perfekt geordnet. Achte auf Synchronizitäten. Es gibt viele.

In diesem Sinne, Erzengel Metatron, der immer fest im Licht verwurzelt ist, sich in jedem einzelnen Moment des göttlichen Lichts bewusst ist, ganz gleich, welche Aufgabe zu erfüllen ist.

In Liebe,
Erzengel Metatron

Mit Engeln leben

Ich habe schon immer mit meinen Engeln gesprochen. Das kann auch einmal peinlich sein, wenn mir zum Beispiel gegenüber meinem Schutzengel ein lautes: „Oh, Mann, Michael", herausrutscht. Normalerweise kommunizieren wir in Gedanken miteinander. Manchmal schreiben meine Engel mir Botschaften in die Wolken. Sie zeigen mir eine zukünftige Wegstrecke und weisen darauf hin, wenn ein steiniger Weg vor mir liegt. Immer zeigen sie mir das Licht am Ende des Tunnels. Ich glaube, dass sie mir alles erklären, was in meinem Leben vor sich geht. So, wie mein Schutzengel mir in meiner Jugend den genauen Ablauf und den Sinn meines Reitunfalls erklärt hat. Oder bei dem Hörsturz, wo mir genau erklärt wurde, wozu er gut gewesen ist. Sie nehmen mir nicht meinen Weg ab, um mein Wachstum nicht zu gefährden. Doch ich bin mir sicher, dass sie ihn manches Mal leichter machen.

Mit den Engeln rede ich eigentlich immer – und mit den Meistern manchmal. Beim Singen sind immer Engel um mich herum. Einmal sagte eine Frau zu mir: „Du singst wie ein Engel." Es wäre schön, wenn es so wäre. Nichts würde ich mir mehr wünschen, als die Schönheit der Engel und ihrer Musik auf Erden ausdrücken zu können. Bei einer Lesung, auf der ich auf Wunsch etwas gesungen habe und mich mit dem Monochord begleitete, sagte eine Frau hinterher zu mir: „Ich habe zwei Stimmen gehört: deine und die eines Engels." Das fand ich sehr interessant, denn ich habe wirklich einen Engel, der sich um meinen Gesang kümmert. Er heißt Daniel und kann mindestens genauso liebevoll streng sein wie meine weltliche Harfenlehrerin.

Leider konnten mir die Engel nicht meine Angst vor den Menschen nehmen, die mir gerade in der Arbeit mit Rowenas Strahl noch einmal so richtig breit präsentiert wurde. Für die Engel ist alles sehr einfach, und sie sind sehr bekümmert, wenn ein Mensch sie nicht wahrnehmen möchte oder „ihr" Mensch sich weigert, seine Schritte zu gehen oder seine Sichtweise beziehungsweise sein Leben zum Positiven zu wandeln. Die Engel können unser hartnäckiges Festhalten nicht verstehen, wenn es schon längst Zeit ist, loszulassen, um dem Leben eine positive Wende zu geben. So lernen wir Menschen über Leid. Würden wir nur besser zuhören, dann könnten wir vielleicht so manches Leid von uns abwenden.

Über den Aspekt, inwieweit ich mein Schicksal beeinflussen und etwas abwenden kann, habe ich mir gerade in letzter Zeit sehr viele Gedanken gemacht. Wie ich bereits in meinem Buch über den weißen Strahl geschrieben habe, können meine Mitmenschen oft nicht verstehen, warum ich krank werde, einen Bandscheibenvorfall oder einen Hörsturz habe, auch einmal Schmerztabletten nehme und so weiter. Sie sehen in mir jemanden, der ich nicht bin. So zeichnete sich in einem Gespräch auf einer Fortbildung ab, dass mein Hörsturz als „Niederlage" oder „Versagen" betrachtet wurde. Gott sei Dank hatte ich die innere Stärke zu sagen, dass er für mich keine Niederlage darstellen würde, sondern die schnellste Möglichkeit war, zu wachsen. Ich hatte nicht das Gefühl, dass ich ihn hätte umgehen können. Er fühlte sich an, als würde er in meinen Plan gehören. Man kann fühlen, ob sich ein Ereignis in Übereinstimmung mit dem Seelenplan befindet oder nicht. Obwohl es vielleicht nicht gerade schön ist, fühlt es sich doch irgendwie richtig an. Ich betone es hier noch einmal: Ich führe ein ganz normales Leben und habe eben das Glück, mit der Geistigen Welt reden zu können. Meine Aufgabe ist es, diese Fähigkeit zu nutzen, um den Menschen Denkanstöße zu geben und ihnen mögliche Betrachtungsweisen aufzuzeigen. Dabei arbeite ich mit einem Team zusammen, das für die meisten unsichtbar ist. Das aber bedeutet noch lange nicht, dass es nicht existiert. Hast du noch nie einen Engelschauer gefühlt oder eine unsichtbare Hand, die dich berührt hat? Hast du noch nie den Trost oder die Umarmung deines Engels gefühlt? Oder Freudenschauer, die dich durchströmen, wenn sich etwas richtig anfühlt, oder es geschieht eine Reihe von Ereignissen, die perfekt zusammenpassen? Was glaubst du, wer dich führt und wer das alles für dich arrangiert? Es sind deine Engel, die im Hintergrund dafür sorgen, dass alles perfekt läuft. Und „perfekt" kann auch bedeuten, dass sich in unserem Leben etwas ereignet, das uns zunächst nicht so richtig passt und wir vielleicht auch erst nach durchgemachter Erfahrung vom Verstand her einordnen können. Im Nachhinein ergibt doch immer alles einen Sinn.

Jeder von uns ist mit Fähigkeiten gesegnet und es liegt an jedem Einzelnen selbst, inwieweit er diese einbringen und dadurch das Leben für sich selbst und andere bereichern möchte. Rowena möchte dich dabei unterstützen, deine Talente zu entfalten. Doch das setzt voraus, dass du bereit bist, an dich selbst zu glauben. Und bereit bist, deinen Kopf richtig zu nutzen und auf dein Herz zu hören. Du fühlst doch die lebendigen Impulse in dir, die dir sagen: Nimm den Pinsel in die Hand. Singe ein Lied. Schreibe dir deine wahren Gedanken und Gefühle von der Seele. Und was tust du? Folgst du dieser weisen Stimme, oder verwendest du deine Energie darauf, die lebendigen Impulse wieder einmal zu unterdrücken, weil du glaubst, es nicht zu können oder dass andere es besser können? Dann lässt du es wohl lieber gleich. Deine Entscheidung. Aber dann jammere auch nicht. Du selbst bist für dein Leben verantwortlich. Niemand sonst. Also mach auch niemand anderen dafür verantwortlich, wenn etwas nicht nach deinen Vorstellungen läuft. Denn du inszenierst dir dein Bühnenstück selbst.

Ja, es stimmt, ich führe ein freudvolles Leben, und ich habe verdammt viel dafür getan, dass es so ist. Heute bin ich dankbar für mein Leben. Das war nicht immer so. Der Weg war hart und steinig, einsam und dunkel, und das ist er streckenweise auch immer noch, gerade weil ich viele Dinge über meinen Körper erlöse. Doch heute kann ich meinen Weg rückblickend mit den Augen des Herzens betrachten und erkennen, wie sehr er sich gelohnt hat und wie ich dank dieses Weges zu der Persönlichkeit heranwachsen konnte, die ich mir vorgenommen hatte zu sein. Ich habe nicht den Anspruch an mich, alles durch Selbsterkenntnis erlösen zu können. Doch die Selbsterkenntnis ist für mich einer der wichtigsten Inhalte meines Lebens.

Sie ist die Basis meiner Arbeit mit Menschen. Sie ist die Voraussetzung dafür, dass mir mein geistiges Team so nahe sein kann. Dafür nehme ich jede Mühe auf mich.

Ich führe ein freudvolles, erfülltes Leben.
Ich bin dankbar für meine Talente.
Ich betrachte meinen Weg mit den Augen
des Herzens und erkenne:
Es war richtig so, denn ich habe immer
mein Bestes gegeben.
Heute erkenne ich, dass mein Umweg
der direkte Weg ist.
Mein Engel lüftet den Schleier
meiner Selbstbegrenzungen.

Eine Reise mit deinem Sonnenengel
oder
Die Rückverbindung zu deinem Höheren Selbst

Da wir in die Schwingung der Leichtigkeit der Seele eintauchen wollen, nehmen uns in diesem Buch viele Engel an die Hand. Vielleicht möchtest du in deinem Wohnraum Symbole aufhängen, die die Leichtigkeit der Engel widerspiegeln, wie zum Beispiel weiße Federn oder ein Mobile aus Engelsflügeln.

Heute möchte sich der Sonnenengel wieder in Erinnerung rufen. Seine Schwingungen verbinden uns mit der Energie unseres Höheren Selbst. Der Sonnenengel lädt uns mit strahlender, sonnengelber Lichtenergie auf, worüber das Sonnengeflecht Aufladung, Heilung und Regeneration erfährt. Er hilft uns, neue, stabilere Nervenverbindungen zu knüpfen, sodass wir trotz unserer hohen Sensitivität in unserem Alltag gut in unserer Mitte bleiben können. Je feinstofflicher wir werden, umso mehr müssen wir dafür sorgen, in allen Lebenslagen fest im Sattel zu sitzen. Die Herausforderung, alle Ebenen miteinander zu verbinden und das Licht zu erden, ist groß, durchlaufen wir doch von Zeit zu Zeit tiefgehende Phasen der inneren und äußeren Wandlung.

Für mich persönlich habe ich das Gefühl, dass die Energieschwingung meines Sonnenengels und meines Höheren Selbst eins ist. Wenn ich Channelings gebe, in denen das Höhere Selbst Botschaften vermittelt, dann ist es der Sonnenengel, der sich zu Wort meldet und mit seinen Energien neue Verbindungen zur inneren und höheren Weisheit schafft. Über den Sonnenengel erfahren wir eine Rückverbindung zu unserem Höheren Selbst, Voraussetzung dafür, unser spirituelles Selbst zu integrieren. Dabei wirkt der Sonnenengel über Licht (die Farbe Gelb) und Töne, die uns in die Harmonien der Schöpfung einbinden, vor allem über den Urton „OM“ und das „Gayatri Mantra“, das den Menschen mit der Urschöpfung verbindet. Dieses Mantra lässt ihn im positiven Sinne „klein werden“, sodass er fühlen kann, wie sehr er in das Große Ganze eingebettet ist.

Der Sonnenengel macht uns darauf aufmerksam, dass wir niemals vom Licht getrennt, sondern in ewiger Verbindung zur Quelle des Lichts sind, von wo aus wir nachts Aufladung erfahren. Diese Aufladung durch unsere geistigen Freunde kann sich anfühlen wie ein Kribbeln, das den Körper durchläuft, so, als würde Strom durch unsere Nervenbahnen fließen. Wenn wir dieses Symptom als Aufladung akzeptieren, dann wird diese Gefühl „ganz normal“. Es ist nichts Ungewöhnliches, dass unser geistiges Team uns nachts mit unserem Einverständnis energetisch „operiert“, um die Körperfunktionen und die Energieversorgung zu optimieren. Manchmal arbeiten sie mit feinstofflichen Infusionen. Manche ihrer Maßnahmen finden auch auf der physischen Ebene ihre Entsprechung. Wir leben in einem Körper, der auch medizinische Hilfe braucht, der eine mehr, der andere weniger, je nachdem, was wir uns vorgenommen haben, über den Körper zu transformieren. Jeder wählt für sich den besten Weg.

Der Sonnenengel ist stets bemüht, unseren Blick auf das Positive zu lenken und das lichtvolle Gute in allem zu sehen. Das kann auch bedeuten, dass er uns nach innen führt, damit wir das Licht suchen, das vielleicht in einer schmerzvollen Erfahrung verborgen ist. Durch welchen Transformationstunnel wir auch immer gehen, am Ende ist immer das Licht. Es ist sogar in jedem Moment allgegenwärtig, nur vermögen wir es manchmal nicht zu sehen, so, als wenn der Himmel voller Wolken ist. Da die spirituellen Transformationsprozesse sehr anstrengend für den physischen Körper sind, halte ich es für sinnvoll, ihn mit wertvollen Nahrungsergänzungen zu nähren. In dem Buch "Endlich gut drauf" von Dr. med. V. Breitenbach und K. Katic steht auf Seite 74ff geschrieben, dass Zink die Schatten von der Seele nimmt, da es unter anderem bei der Freisetzung der Nervenbotenstoffe eine wichtige Rolle spielt, das Immunsystem stärkt und den Schilddrüsenstoffwechsel positiv beeinflusst. Die Schilddrüse liebt die Leichtigkeit und Beschwingtheit und kann durch Singen und Tanz aktiviert werden.

Meditation
„Eine Reise mit deinem Sonnenengel“

Mantra: Gayatri-Mantra
Musik: leicht, beschwingt, wie auf Flügeln getragen

Mache es dir an deinem Meditationsplatz bequem.

Erschaffe dir eine Schutzhülle aus Licht, indem du die Farbe Gelb ein- und ausatmest. Wenn du eine Farblampe besitzt, bestrahle während der Meditation dein Sonnengeflecht mit gelbem Licht. Nimm mit jedem Atemzug gelbes Licht aus dem Äther auf. Lenke das Licht über deine Ausatmung in deine Aura, die sich schützend wie eine zweite Haut um dich legt. Du bist umgeben von fließendem Licht.

Lade deinen Sonnenengel ein, dich auf deiner Reise zu dir selbst zu begleiten.

Dein Sonnenengel verbindet den fließenden Lichtstrom mit der nährenden Quellenergie deines Höheren Selbst.

Mach dich bereit, die kraftvolle Energie zu empfangen.

Der Sonnenengel erdet dein Licht.

Er lädt dich ein zu einer Reise in die höheren Ebenen des Lichts, wo er dich heute an verschiedene Kraftorte führen möchte.

Du nimmst seine Hand und lässt dich ein.

Ihr schwebt gemeinsam durch Tore des Lichts. Mit jedem Tor, durch das ihr gelangt, wird die Energie freier und leichter, bis ihr letztendlich durch das Tor zur Ebene des Höheren Selbst eintretet.

Diese Ebene besteht aus fließendem, sonnengelben Licht, das von einem strahlenden Weiß durchzogen ist. Alles ist hell erleuchtet. Alles strahlt.

Dein Sonnenengel lädt dich ein, die Ebene jetzt zu betreten. Du nimmst seine Einladung an. Mit jedem deiner Schritte erfährst du Aufladung. Neue Kraft strömt in dich ein, lichtvolle Kraft, die du für deine weitere Erdenreise gut gebrauchen kannst.

Wie von unsichtbarer innerer Kraft geführt, gelangst du zunächst an einen Ort, der aus rosafarbenem Licht erschaffen ist. Du trittst ein in die Kugel aus Licht, wo du mit der Herzenskraft der bedingungslosen Liebe neu verbunden wirst. Dein Höheres Selbst wirkt immer zu deinem höchsten Wohl aus dieser Energie heraus, und es tut alles dafür, dass auch dein Denken, Fühlen und Handeln aus der Herzensenergie der bedingungslosen Liebe erfolgt.

So aufgeladen, trittst du aus dem Kraftfeld der rosafarbenen Kugel heraus. Wärme durchströmt dein Herz. Es weiß sich zu Hause.

Wie von unsichtbarer innerer Kraft geführt, gelangst du an einen Ort, der aus grünem Licht erschaffen ist. Du trittst ein in die Kugel aus grünem Licht. Hier wirst du mit dem Licht deiner Wahrheit und dem Mut, deiner inneren Wahrheit und der Stimme deines Herzens zu folgen, aufgeladen. Fortwährend wirkt dein Höheres Selbst dafür, dass du den Mut hast, dir selbst zu vertrauen und auf dein Inneres zu hören.

So aufgeladen trittst du aus dem Kraftfeld der grünen Lichtkugel heraus. Eine innere Stärke erfüllt dich. Mut weitet dein Herz, und du bekommst Lust auf das Abenteuer Leben.

Wie von unsichtbarer innerer Kraft geführt, gelangst du an einen Ort, der immerwährend Lotusblüten hervorbringt. Du begibst dich in eine Lotusblüte hinein. Hier wirst du mit den Schwingungen der mütterlich nährenden Geborgenheit umfangen. Die Blüten sind ein Symbol für die Fülle, die in deinem Leben allgegenwärtig ist. Dein Höheres Selbst wirkt fortwährend dafür, dass du deinen Blick auf die Fülle deiner Möglichkeiten ausrichtest. Es weist dich auf deine Talente hin, die Blüten hervorbringen, wenn du sie weise nutzt.

Zum Abschluss stärkt dein Höheres Selbst den Glauben an dich selbst und das Gefühl von Sicherheit, im nährenden Schoß der Mutter geborgen zu sein.

So aufgeladen trittst du aus dem Kraftfeld der Lotusblüte heraus.

Wie von unsichtbarer innerer Kraft geführt, gelangst du zu dem Tor, durch das du in diese Ebene eingetreten bist.

Gemeinsam mit deinem Sonnenengel trittst du den Heimweg an. Wieder reist ihr durch verschiedene Tore des Lichts. Dabei bewahrst du dir das Gefühl von Leichtigkeit und das Gefühl, in dir selbst zu Hause zu sein.

Sicher und behütet kommst du mit deinem Bewusstsein ganz im Tempel deiner Seele an. Bewege deinen Körper sanft und richte dich in deiner Zeit wieder auf.

Bedanke dich bei deinem Sonnenengel. Vielleicht möchtest du von ihm durch diesen Tag begleitet werden.

Heute erlaube ich den Kontakt zu
meinem Sonnenengel.
Mein Sonnenengel verbindet mich mit meinem
Höheren Selbst.
Ich erinnere mich an mein wahres Sein.
Mein Denken, Fühlen und Handeln
entspringt der bedingungslosen Liebe
meines Herzens.
Ich bin in mir selbst geborgen.

Reflexion über Freiheit

Die Energie von Lady Rowena berührt in uns Aspekte der Freiheit. Ich möchte hier noch einmal betonen, dass die Strahlen der Meister uns die Möglichkeit geben, uns in den ihnen zugeordneten Aspekten wiederzufinden. Durch die tiefe Auseinandersetzung mit den Meisterstrahlen ist Wachstum möglich. Der Mensch hat die Freiheit, sich seinen ganz persönlichen Wachstumsweg zu wählen. Vielleicht steht über diesem Leben ein übergeordneter Plan mit bestimmten Zielen, die er erreichen möchte. Vielleicht ist einiges festgelegt. Bestimmte schicksalhafte Begegnungen, eine Berufswahl, die Ehe mit einem bestimmten Partner. Vielleicht gibt es einen roten Faden, der sich unsere Entwicklungsspirale aufwärts schlängelt, sodass wir uns in wiederkehrenden Wellen mit unterschiedlichen Aspekten ein und desselben Themas beschäftigen, hoffend, dass wir damit fertig werden, wir es auflösen. Vielleicht löst es sich erst in der letztendlichen Freiheit auf, der Freiheit, die nicht mehr an irdische Bedingungen geknüpft ist. Wenn ich innehalte und dieses Thema loslasse, fühle ich mich frei. So hat Freiheit etwas mit Loslassen zu tun. Ich lasse die Gefangenheit meiner Gedanken los, indem ich damit aufhöre, mich in ihren wiederkehrenden Schleifen zu verlieren. Ich fühle mich frei.

Das Thema „Freiheit“ kann dazu einladen, sich über seine ganz persönliche Freiheit Gedanken zu machen. Wann und wo fühle ich mich frei? Mit welchen Menschen fühle ich mich frei? Welche Gedanken machen mich frei?

Welche Schritte sind notwendig, damit ich mich in meinem Leben noch freier fühlen kann? In der Meditation kann ich mich der letztendlichen Freiheit annähern, indem ich mich in mich selbst versenke und der Freiheit meines Geistes Raum gebe. Dann bekommt meine Seele Flügel. Dann kann ich durch Dimensionen reisen und mich jenseits von Zeit und Raum bewegen. Das bedeutet große Freiheit. Diese Freiheit, die ich in der Meditation erfahre, kann ich dann mit in meinen Alltag nehmen.

Auch in der transzendenten Erfahrung des Musizierens liegt eine große Freiheit. Rowena schult den kreativen Ausdruck aller Künste, drückt sich doch gerade in der Kreativität die Schönheit des Menschen aus. Schönheit manifestiert sich dann, wenn Bewertungen wegfallen, zum Beispiel, wenn Menschen miteinander Musik machen, einfach um ihrer selbst willen, weil ihre Seele sich im Ausdruck von Musik frei, leicht und beschwingt fühlt. Kreativität verbindet. In der Gemeinschaft gleichgesinnter Menschen kann das positive Gefühl entstehen, durch die Gemeinschaft gehalten und genährt zu werden. Eine positive Erfahrung des Menschseins. Den kreativen Menschen ist mindestens eines gemeinsam: ihre zarte Seele. Diese Zartheit ist so lange mit Leid verbunden, bis sie erkennen, dass im Anerkennen ihrer Selbst eine große Freiheit liegt. Indem ihr Selbstwertgefühl durch Selbstanerkennung wächst, wächst auch das Bewusstsein über die eigene Stärke. Zart bedeutet nämlich nicht schwach, im Gegenteil: zart bedeutet stark! Denn zart bedeutet, dass ich ein fühlendes Wesen bin, und stark bedeutet, meine fühlende

Seite zu zeigen und die Masken und Mauern, die sich darum gebildet haben, fallenzulassen.

Ich war vor kurzem in Irland. Wo auch immer wir hinkamen, begegneten uns die Iren mit wärmster Herzlichkeit und Freundlichkeit. Interessanterweise standen in jedem Bed & Breakfast und in jedem Hotel, in das wir kamen, rosafarbene Lilien. Die Lilie ist Rowenas Blume. Wieder in Deutschland wurde mir am Schalter in der Sparkasse bewusst, wie sehr die Deutschen bemüht sind, ihr Herz zu verstecken. Ein Seelenbild offenbarte sich mir. Ich sah das Herz der Frau am Schalter, festgehalten zwischen ihren inneren Händen, dunkel und eng. Wie viel Kraft kostet dieses Einengen, das aus der Angst geboren ist, zu viel von sich preiszugeben. Die Liebe des Herzens aber hat keine Angst, etwas zu verlieren. Unsere Seele hat keine Angst vor Verlust. Unsere Seele liebt die Begegnung mit anderen Seelen, denn sie weiß um die Einheit und den Ursprung der bedingungslosen Liebe. Menschliche Begegnungen können bereichern, wenn wir sie mit unserer Herzensenergie anreichern.

Manchmal fühlen wir uns durch unsere Ahnen gebunden. Freiheit bedeutet dann, sich aus den Verstrickungen zu lösen, wohl wissend, dass die Ahnen uns nährende Impulse für unseren Weg geben. Rowena will uns aufzeigen, dass der Weg, den wir gehen, nicht nur unserer eigenen Freiheit dient, sondern wir durch unsere Schritte auch dazu beitragen, dass andere freier werden und Mut fassen, ihren eigenen Weg zu gehen. Alles ist miteinander verwoben. Das vergessen wir in dem Moment, wo wir uns selbst zu wichtig nehmen und uns als Nabel der Welt betrachten. Wir müssen nicht alles, was geschieht, auf uns selbst beziehen. Das überreizt die Nerven. Die Unterscheidungskraft zu schulen schont die Nerven. Auch das macht frei, wenn wir einmal die Themen der anderen bei ihnen lassen, anstatt sie zu unseren eigenen zu machen.

Wer sich in Rowenas Energie der rosafarbenen Strahlung zu Hause fühlt, hat meistens schon genug Probleme damit, sich nicht in seiner kreativen Weite zu verlieren. Die kreativen Menschen haben eine reiche Innenwelt, und manchmal fällt es ihnen sehr schwer, die Brücke zur Außenwelt zu finden. Für sie ist es besonders wichtig, dass ihre Seele gesehen wird. Sie leiden unter den Oberflächlichkeiten und Unehrlichkeiten menschlicher Begegnungen. Doch sie besitzen die Gabe, sich tief in Menschen einzufühlen und, Gott sei Dank, gibt es auf dem Weg der Seele auch nährende, wärmende, wohlwollende menschliche Begegnungen, die sie dann ganz tief erleben.

Je nach Verletzungsgrad durch Menschen kann es eine große Hürde darstellen, die Ängste des Menschseins wieder abzubauen. Doch es lohnt sich, dient doch das Loslassen der Angst der Freiheit der Seele. Das Durchgehen durch die Angst führt zum Urvertrauen, in dem ich mich in Gottes Schöpfung geborgen weiß und dieses Vertrauen wieder fühlen kann. Doch was nützen Worte, wenn ich ihren Inhalt nicht fühlen kann? Mit dem Abschneiden von seiner inneren Gefühlswelt nimmt sich der Mensch selbst seine kreative Freiheit. Es ist lohnenswert, sich wieder für die ganze Bandbreite menschlichen Fühlens zu entscheiden, auch wenn es in unserer Welt genug Menschen gibt, die so von sich selbst entfernt sind, dass es ihnen Freude macht, auf der Seele anderer Menschen herumzutrampeln. Ich beobachte, dass die Achtsamkeit unter den Menschen zunimmt. Rowena zeigt uns auf, dass wir uns selbst mit der Achtsamkeit und dem Respekt begegnen dürfen, den wir uns von unseren Mitmenschen wünschen. Wenn wir die eigene Seele wieder zu sehen und wertzuschätzen beginnen, dann erfahren wir zunehmend Respekt, Achtsamkeit und Wertschätzung mit Menschen. Wie innen, so außen.

Wenn uns die Entwicklung nicht schnell genug geht, hadern wir mit unseren Grenzen, auch den körperlichen, denn tief in unserem Inneren fühlen wir, dass unser Geist zum Fliegen geboren ist. Dann fühlen wir uns möglicherweise in unserer Freiheit beschnitten, so, als hätte jemand unsere Flügel gestutzt.

Ich glaube, unsere geistigen Freunde halten uns manchmal etwas zurück, damit wir die Tiefen unserer menschlichen Erfahrungen genügend ausloten. Dazu steigt mir das innere Bild einer liebenden Mutter vor meinem geistigen Auge auf, die ihr Kind im Laufgeschirr sichert, damit es nicht zu schnell davonrennt. Dem Kind gefällt diese Sicherung nicht. Es will frei sein. Seine Mutter aber handelt aus Liebe und aus der inneren Absicht heraus, ihr Kind vor Unheil und Schmerz zu bewahren. Das kann das Kind, das um seine Freiheit kämpft, in diesem Moment nicht verstehen. Es fühlt sich gefangen und eingeengt und will einfach nur frei sein. Frei, seine eigenen Erfahrungen zu machen.

Vielleicht ist es unser Schutzengel, der die Leine unseres unsichtbaren Sicherungsgeschirrs in seinen Flügeln hält. Vielleicht macht es Sinn, die innere Ungeduld durch Dankbarkeit zu ersetzen. Dadurch fühlen wir uns schon gleich freier. Dankbarkeit macht frei.

Auf dem Strahl von Rowena sind viele Künstler zu Hause, Maler, Musiker…, deren Kunst nur dann fruchtet, wenn die Lektionen der Erde gelernt werden. Dabei kann die konstruktive Auseinandersetzung mit Materie, körperlicher Existenz, Geld usw. sehr schwerfallen. Doch gerade hier gilt es hinzuschauen und nicht den Fluchtmustern des Geistes zu folgen. Wir sollen lernen, den Geist richtig zu nutzen, nicht zur Flucht, sondern dazu, die kostbare Saat in die Erde zu bringen und somit das kreative Potenzial zur Entfaltung zu führen. Schritt für Schritt, ein Fuß nach dem anderen, so geht es auf der Erde. Immer wieder den Geist einfangen, wenn er sich zu sehr vom Körper entfernt, wenn der Mensch sich in seine „Traumwelt" flüchtet, dorthin, wo alles in Ordnung zu sein scheint. Und gleichsam den Geist nutzen, um sich aufzuschwingen, die Einblicke in die höheren Sphären dazu verwenden, sie mit der Manifestationskraft der Erde zu verbinden. Und das bedeutet ganz konkret: Taten, sichtbare Handlungen.

Zu unserem Leidwesen neigen wir Menschen dazu, uns Blockaden zu „erdenken". Dadurch wird der Lebensstrom blockiert. Einmal den Fuß ins Wasser stecken, um zu fühlen, ob das Wasser wirklich so kalt ist wie erwartet, kann helfen, die Blockade wieder aufzulösen. Zwar will das Leben im schöpferischen Sinn auch „erdacht" werden, doch in erster Linie will es gelebt und erfahren werden. Und gerade vor diesem Erfahren hat der Mensch Angst, spielt er doch mit seinem Verstand alle möglichen Eventualitäten durch, um dann zu dem Schluss zu kommen, sich lieber doch nicht auf die Erfahrung einzulassen. Wir haben die Wahl: Wir können das Leben als ein spannendes Abenteuer betrachten, es ganz leben und als Mensch berührbar sein, oder wir können uns aus Angst vor dem Leben einigeln und gegen jeden unsere Stacheln auszufahren, der uns zu nahekommt. Manchmal brauchen wir Stacheln, aber lohnt sich der Verbrauch von Lebensenergie, um Abwehrhaltungen aufrechtzuerhalten? Dient das wirklich der persönlichen Freiheit? Wenn wir unser Denken, Fühlen und Handeln in den Dienst der schöpferischen, erdverbundenen Freiheit stellen, bekommen wir das beste Ergebnis.

Heute folge ich meinem kreativen Impuls und erfahre Freiheit.

Der Engel des Wandels

Der Engel des Wandels hat ein wechselndes Farbenkleid, ähnlich einer Farblampe, die ihre Farben wechselt. Je nachdem, in welcher Wandlungsphase wir uns gerade befinden, zeigt er sich uns in den entsprechenden Farben. Jetzt, während ich schreibe, erscheint er in den Farben Rosa, Gelb und Grün. Vielleicht möchte er uns ermutigen, auf der Basis der Strahlkraft unseres Sonnengeflechts (Gelb) die Chakrafarben des Herzens (Rosa und Grün) erstrahlen zu lassen. Rosa ist das Licht der bedingungslosen Liebe, und Grün ist die Farbe unserer Herzensweite und Wahrheit. Der Engel des Wandels gibt uns Sicherheit in Zeiten der Veränderung. Er macht uns deutlich, dass Schöpfung Wandel bedeutet und mit jedem Wandel auch ein Loslassen einhergeht. In Zeiten des Wandels werden wir besonders auf unsere innere Stimme geprüft und darauf, ob wir bereit und mutig genug sind, auf die innere Stimme zu hören.

Veränderung beziehungsweise die Aussicht auf Veränderung kann Angst machen. Manchmal, da wünschen wir uns etwas aus tiefstem Herzen, und gleichzeitig macht uns die mögliche Erfüllung so viel Angst, dass wir uns in Bezug auf die Erfüllung selbst blockieren. Dann spricht der Engel des Wandels uns Mut zu, durch den Tunnel der Angst zu gehen. Dieses Durchgehen durch die Angst sollen wir nicht erzwingen. Wir gehen in dem Tempo, in dem wir bereit sind zu gehen. Wir bestimmen das Tempo und jeden einzelnen Schritt, den wir gehen, selbst. Wir entscheiden selbst über unseren Vertrauensgrad, darüber, inwieweit wir einen vermeintlich sicheren Boden verlassen, um ganz sicher eins zu gewinnen: inneren Halt, innere Sicherheit, innere Stärke, Selbstvertrauen. Und das gibt einen sichereren Lebensboden als den, den wir gerade verlassen haben.

Der Engel des Wandels will uns aufzeigen, dass Wandel durch uns selbst, durch unser inneres Wachstum initiiert wird und wir die Veränderung, die wir uns wünschen, nicht von Äußerlichkeiten abhängig machen sollen. Denn jede Bedingung, die wir an das Außen stellen, blockiert den inneren Wachstumsschritt, da wir uns durch die äußeren Umstände unfrei und gefangen fühlen. Dann machen wir uns zum Opfer der äußeren Umstände, anstatt unser Leben in die Hand zu nehmen und unsere schöpferische Freiheit kreativ zu nutzen. Eine äußere Bedingung, die wir Menschen gerne stellen, ist zum Beispiel: Wenn ich genug Geld habe, nehme ich an dem Seminar teil / nehme Gesangunterricht / mache den Urlaub, den ich schon immer machen wollte...

Der Wachstumsschritt könnte dann vielleicht darin bestehen, das Seminar, den Gesangunterricht, den Urlaub... zu buchen, obwohl ich noch nicht weiß, woher das Geld dafür kommen soll. Meine Erfahrung ist, dass das Geld immer zum richtigen Zeitpunkt da ist, für alles, was mir wirklich wichtig ist. Und dass es mich in den Fluss bringt, wenn ich dem inneren Impuls folge, anstatt dem Sicherheitswahn meines Verstandes zu erliegen. Leider zappele ich zwischendurch immer noch in meinen Existenzängsten. Dann geht der Verstand mit mir durch, und das Herz schließt seine Pforten. Angst kann auch körperliche Symptome hervorbringen und Vertrauen löst sie wieder auf. Wenn ich meinen Verstand beruhige, kann das Herz sich wieder öffnen. Manchmal vergehen Tage, bis ich die Öffnung wiedererlangt habe, die ich zuvor schon erreicht hatte. Wandel kann in Wellen geschehen, zwei Schritte vor, einen zurück, drei Schritte vor, einen zurück usw. Da ist die Geduld mit sich selbst gefragt. Und wenn wir ganz ehrlich mit uns selbst sind, können wir bemerken, dass sich doch schon ganz leise und still kleine positive Veränderungen zeigen. Erst im Inneren, und dann im Außen.

Manchmal, da erlaube ich – leider von mir oft noch zu spät bemerkt – dass Menschen zu sehr in mich eindringen. Ein Beispiel wird dieses verdeutlichen: Eine Nachbarin war sauer auf uns, weil wir unsere Blätter nicht weggefegt hatten. Für mich gehören Blätter zum Herbst dazu. Ich verstehe nicht, warum man sie mit einem Blätterstaubsauger aufsaugen soll. Dabei sterben so viele Tiere, die für Mutter Erde und die Natur so wichtig sind. Aber darüber denken viele Menschen gar nicht nach. Welchen Preis die Natur dafür zahlt, dass Menschen Gift spritzen, um saubere Mauern, eine unkrautfreie Einfahrt oder einen englischen Rasen zu haben. Im übrigen wird auch viel „Wortgift" verspritzt, um Herzensmauern zu errichten. Da wir im Urlaub waren, hatten wir also keine Blätter gefegt. Wir waren noch nicht mit dem Auto auf den Hof gefahren, als die Nachbarin an unser Auto trat, um uns auf das Blätterfegen aufmerksam zu machen. Wir waren gerade fünf

Stunden Auto gefahren und sollten beide gleich arbeiten. Doch unsere Nachbarin war nur auf die Blätter fixiert. Woher wir kamen oder dass wir vielleicht gerade in Eile waren, interessierte sie nicht.

Ich finde es so schade, wie wenig wir uns darüber Gedanken machen, in welcher Situation sich die Person befinden mag, die wir gerade bewerten, beschimpfen oder verurteilen. Ich war früher sehr krass in meinen Urteilen über andere. Heute tut mit das von Herzen leid. Heute habe ich eine andere Sichtweise. Ich habe mich zum Besseren gewandelt, Gott sei dank. Ich ließ den Konflikt mit der Nachbarin zu sehr an mich heran. Ich ließ ihn so sehr in mich hinein, dass mir der Magen brannte und ich Angst hatte, ihr zu begegnen. Ein deutliches Zeichen meiner mangelnden Abgrenzungsfähigkeit. Mein Mann, im Sternzeichen des Widders geboren, ist da viel stärker als ich. Er lässt die Dinge gar nicht so nahe an sich heran. Er kann energetisch sehr gut für sich selbst sorgen und sich ganz klar und kraftvoll abgrenzen. Ich lerne das immer noch. Ich glaube, ich habe in einem meiner früheren Bücher bereits darüber geschrieben. Ich bin auf dem Weg. Mit der violetten Flamme konnte ich alles gut auflösen. Ich baute auch einen violetten Schutz um mich und unser Grundstück auf.

Kurz danach traf ich meine Nachbarin beim Blätter fegen. Ich fühlte, dass sie wieder etwas sagen wollte. Ich fühlte ihre Wut und ihren Zorn. Doch sie sagte nichts, und ich ging vorbei. Ich war versucht, sofort die Harke zu holen, um ebenfalls Blätter zu fegen. Doch ich ließ es sein, und darauf war ich stolz. Ich konnte fühlen, dass ich gerade eine positive Abgrenzungserfahrung gemacht hatte. Ich durfte meiner Nachbarin im Grunde meines Herzens für ihre Spiegelung dankbar sein. Unbewusst hatte sie mir zu einer positiven Erfahrung verholfen. Und Blätter fegen konnte ich auch noch am nächsten Tag.

Vielleicht kommt Ihnen dieses Beispiel banal vor, doch ich glaube, dass gerade an diesen Banalitäten deutlich werden kann, woran wir noch arbeiten dürfen. Ist es doch oft die Summe von Kleinigkeiten, die den großen Stress verursacht. Warum also nicht im Kleinen beginnen, damit der Stress gar nicht erst so groß werden muss. Es ist so schade, dass Menschen sich gegenseitig das Leben schwer machen. Wenn wir uns ehrlich in unseren Mitmenschen spiegeln und die Chancen zum Wandel begrüßen, würde das doch sehr zu einem friedvollen Miteinander beitragen. Wie oft mag da der Engel des Wandels anklopfen und in unser Ohr flüstern: „Nutze die Chance des positiven Wandels!“

Gerade kommt meine Labrador-Hündin Angel mit ihren Vorderpfoten auf meinen Schoß geklettert, um mir einmal liebevoll mein Ohr zu schlecken. Wie viel positiven Wandel habe ich meinen irdischen Labrador-Engeln zu verdanken: Balu, der im Himmel seinen Dienst tut und von dort aus liebevoll über mein Wachstum wacht; meiner Angel, die durch ihr sonniges Wesen jede Herzenstür zu öffnen vermag; und Paul, unserem Schoko-Labrador, der anfängt, Socken zu klauen, wenn er sich vernachlässigt fühlt. Sie sind herzallerliebste Wachstumsengel. Engel auf vier Pfoten. Auch sie haben ihre Schulungen und wachsen mit uns. Ihr Vorteil besteht darin, dass ihre Herzen immer in der Energie der bedingungslosen Liebe sind, während wir die Herzenstüren auf- und zuknallen, je nachdem, ob wir uns frei fühlen oder das Gefühl haben, uns gegen unsere Mitmenschen schützen zu müssen. Irgendwann gelangen auch wir wohl zu der fühlbaren Erkenntnis, dass unser Herz in der bedingungslosen Liebe besser geschützt ist, als sie immer wieder dem Stress des „energetischen Mauerns“ auszusetzen.

Heute verlasse ich den sicheren Boden,
um einen großen Gewinn zu machen:
Ich betrete Neuland und gewinne
SELBSTVERTRAUEN.

Heute erlaube ich meinem Herzen,
seine natürliche Bestimmung zu leben.
Mein Herz will bedingungslos lieben.
Was will ich?

Ich bin mit meinem Herzen da

Ich vertraue Gott.
Gott kennt den Weg.
Ich gehe ihn.

Ich glaube, es ist ein lohnenswertes Ziel, in jeder zwischenmenschlichen Begegnung, ja, in jedem einzelnen Moment meines Alltags fühlen zu können, dass ich mit meinem Herzen da bin. Wenn ich mit meinem Herzen da bin, dann bin ich wirklich anwesend. Wie oft sind wir körperlich anwesend und doch nicht da? Wie oft sind wir mit den Gedanken woanders, während unser Gegenüber mit uns spricht? Dabei ist es nicht gerade ehrlich, so zu tun, als würde man zuhören. Es wäre doch viel ehrlicher zu sagen: „Können wir bitte später darüber sprechen, ich bin gerade zu erschöpft. Wenn ich mich ausgeruht habe, bin ich ganz Ohr für dich“, oder „Bitte warte einen Moment. Ich möchte mich zuerst sammeln, sodass ich wirklich ganz hier bin.“

Wie oft geben wir vor, ehrlich zu sein und sind es doch nicht. Rowenas Strahl prüft uns genaustens auf unser Herz und unsere wahren Absichten. Wir kommen an einen Punkt, an dem kein Ausweichen mehr möglich ist: Wir können zum Beispiel einem lange verborgenen Schmerz nicht mehr ausweichen. Dann erweicht uns der rosafarbene Strahl, was durchaus schmerzhaft bis ins Mark sein kann. Doch lieber den Schmerz einmal jetzt tief fühlen und ihn dann für immer aus dem Herzen entlassen, als ihn im

Inneren zu bewahren, von wo aus er sein zerstörerisches Eigenleben weiterführen kann. Mit einem schweren Herzen lässt es sich nicht gut singen. Um frei zu sein, müssen wir uns unserem Seelenschmerz stellen, müssen ihn noch einmal tief fühlen, um ihn dann in Liebe gehen zu lassen. Das ist wahres Loslassen.

So berührte Rowenas Strahl in den vergangenen Tagen auch meinen tiefen Seelenschmerz, den Schmerz der Nichterfüllung meines Kinderwunsches. Ich bin die letzten zehn Jahre irgendwie damit umgegangen. Das hat auch irgendwie funktioniert. Je tiefer ich mich nun auf den rosafarbenen Strahl einließ, desto weniger konnte ich diesen Schmerz noch irgendwo in meinen Körper schieben. Der Schmerz wollte gesehen, gefühlt und in Liebe entlassen werden. Es tat so weh. Ich fühlte meine innere Verzweiflung und meine Zerrissenheit zwischen Himmel und Erde, hatte ich doch schon so lange geistigen Kontakt zu meinem Sohn. Und jetzt sollte es doch nicht gelingen, ihn auf Erden in meinen Armen zu halten? Da waren Versagensängste, das Gefühl von Ohnmacht, Niederlage... Und da war auch noch der Schmerz über das Loslassen von Balu, meinem Labrador, der doch schon so lange tot war. Auch er war ja nicht für mich verloren, denn ich habe auch zu ihm geistigen Kontakt.

Obwohl ich um die Einheit aller Dinge weiß, fühlte ich den Trennungsschmerz in jeder Faser meines Körpers. In einem Moment schienen Manuels und Balus Energie eins zu sein, und es war derselbe Trennungsschmerz, der mein Herz innerlich zerreißen wollte. Es tat so weh. Und doch fühlte ich, dass es gut war, mich diesem Schmerz jetzt hinzugeben. Jetzt war der richtige Zeitpunkt gekommen, um alles loszulassen, was mein Herz so schwer machte. Ich gestand mir überhaupt jetzt erst ein, wie schwer mein Herz wirklich war. Dieser Loslassprozess ging einher mit Erschöpfung und einem neuen Kraftaufbau. Obwohl ich glaubte, die Kraft meiner Mitte und meines Beckens nicht halten zu können, baute sie sich doch still und heimlich in meinem Inneren unter der Oberfläche der Verzweiflung und der Hoffnungslosigkeit auf. Meine Gedanken wollten den alten Schmerz wiederbeleben. Doch ich traf eine neue Wahl. Ich machte innerlich die Tür zum Schmerz der Nichterfüllung zu. Gedanken in dieser Richtung waren fortan in meinem Kopf unerwünscht. Es ist ein gutes Gefühl, innerlich auch einmal eine Tür zuzumachen. Der Schmerz hatte die Kapazitäten meines Glaubens blockiert. Er hatte einfach zu viele Areale meines Gehirns belegt. Damit war jetzt Schluss.

Und dann war da noch der Ton in meinen Ohren, der immer wieder die Hinwendung an mein Inneres forderte. Manchmal laut und rauschend, dann wieder stiller wie ein kristallklares Klingeln. Darüber konnte ich unter anderem Karma auflösen, auf das ich wahrlich nicht stolz war. Alles war irgendwie mit meinem Herzen und mit meinen Ohren verwoben. Ich bat meine geistigen Freunde darum, mir das an Ohrgeräuschen zu nehmen, was sie mir nehmen durften. Ich bin mir sicher, sie taten es, und doch war das, was übrig blieb, für mich mehr als genug. In diesem Jahr war ich mit einem großen Paket beschäftigt, zu dem auch die operative Verkleinerung meiner Brust, der Hörsturz und die vielen Zahnarztbesuche gehörten. Dank meiner inneren Bilder und der Informationen, die ich durch die Geistige Welt bekam, konnte ich den Weg annehmen. Doch ich kam sehr an meine Grenzen, zumal meine Praxis ja weiterlaufen musste. Die längere Auszeit, die ich für meine Regeneration gebraucht hätte, konnte ich mir zur Zeit einfach nicht nehmen, doch widmete ich mich dennoch sehr intensiv meiner Seele, nahm mir viele Momente des inneren Rückzugs und trat nach dem Warnsignal „Hörsturz" zunächst einmal kürzer.

Ich wurde durch die Beschäftigung mit dem rosafarbenen Licht weicher im Umgang mit mir selbst. Ich behandelte mich täglich mit Reiki und mit Magnified Healing. Von Hilarion bekam ich ein Symbol, über das ich mich innerlich beruhigen konnte. Ich brauchte nur auf dieses Symbol zu atmen und kam darüber in einen tiefen Kontakt mit mir selbst. Auf meiner Harfe zu spielen, gab mir Trost. Die irische Flöte beflügelte mein Herz. Von lauten Klängen, auch von einigen meiner Klangschalen, musste ich mich zunächst fernhalten. Aber Imaya zeigte mir, mit welchen vier Klangschalen ich arbeiten konnte, ohne dass die Ohrgeräusche verstärkt wurden. Ich nahm alle Geräusche viel intensiver wahr. Manchmal war auch das Klavier im Gesangsunterricht zu laut. Doch ich wusste, dass all das wieder besser werden würde, denn Hilarion hatte es mir versprochen. Er hatte mir gesagt, dass alle Symptome zurückgehen würden, und Hilarion hat mich noch nie angelogen. Auf sein Wort kann und konnte ich mich immer verlassen. Doch den Weg, den musste ich selbst gehen. Obwohl ich sein Wort hatte, konnte er mir den irdischen Weg nicht ersparen. Ich glaube, das denken viele, dass, wenn sie mit ihrem Geistführer reden könnten, alles sehr viel einfacher wäre. Dem ist nicht so. Doch die Zusammenhänge der Ereignisse werden klarer und verständlicher, und manchmal, wenn man den Rat des Geistführers befolgt, erspart man sich möglicherweise auch Unannehmlichkeiten.

Einmal, da hatte ich mich zu einem Seminar angemeldet. Ich freute mich darauf, doch eine Woche vorher war da ein innerer Widerstand, eine unerklärliche Angst. Zunächst zögerte ich, das Seminar abzusagen. Doch je näher der Termin rückte, umso klarer wusste ich, dass ich da jetzt nicht hinwollte. Der Zeitpunkt passte nicht. Da das Gefühl immer stärker wurde, ging ich innerlich in beide Energien hinein: Ich fühlte, wie es sich anfühlte, zu dem Seminar zu fahren, und ich fühlte, wie es sich anfühlte, zu Hause zu bleiben. Ich fühlte mich deutlich freier mit der Entscheidung, zu Hause zu bleiben. Also sagte ich das Seminar ab. Ich fühlte mich richtig erleichtert und wusste, dass ich die richtige Entscheidung getroffen hatte. Als ich mit Hilarion darüber sprach, sagte er, dass die Zusammensetzung der Gruppe für mich katastrophal gewesen wäre. Dieses Wort hatte er zuvor noch nie benutzt. Ich musste innerlich schmunzeln. Im Grunde genommen brachten mich der Hörsturz und die intensive Beschäftigung mit der Heilung meiner Ohren dazu, wieder mehr auf meine innere Stimme zu hören. Ich bekam einen besseren Kontakt zu mir selbst, meinem Inneren und meinen wahren Bedürfnissen. Auch mehr Mut, meine wahren Bedürfnisse zu äußern. Er brachte mir die Gelassenheit, die mir im Alltag zuvor gefehlt hatte. Obwohl meine geistigen Freunde mir sagten, dass dieses der direkte und schnellste Weg war, kam er mir doch lang, hart und streckenweise einsam vor. Ich kann so gut verstehen, dass man manchmal einfach aus all den Verpflichtungen aussteigen möchte. Wenn die Seele anklopft und sagt: „Ich bin auch noch da. Ich bin doch das Wichtigste. Bitte sieh mich wieder! Bitte fühle mich!" Und wenn das Herz fragt: „Warum folgst du nur dem Verstand, seinen Ängsten und Bedenken? Warum hörst du mich nicht? Ich, dein Herz, weise dir den Weg. Ich zeige dir, warum wir wirklich hier sind, und was du wirklich leben willst!"

Ich bin mit meinem Herzen da!

Hilferuf eines inkarnierten Engels

Wo seid ihr, die ihr mir versprochen habt, mich auf meiner Erdenreise zu begleiten?

Wo seid ihr, die ihr mir versprochen habt, Lasten abzunehmen, wenn mir der Erdenweg zu schwer erscheint?

Wo seid ihr?

Als ich mich freiwillig gemeldet habe, den Menschen auf der Erde zu helfen, da habt ihr mir versprochen, immer an meiner Seite zu sein.

Manchmal, da fühle ich eure feinstoffliche Nähe.

Dann fühle ich mich von unsichtbaren Flügeln geborgen oder auf unsichtbaren Händen getragen.

Da holt ihr mich des Nachts nach Hause, damit ich mich in den Ebenen des Lichts erholen kann.

So aufgeladen kehre ich gerne zur Erde zurück, denn ich liebe die Erde sehr.

Ich liebe die Natur, die Tiere und die Musik.

Ich glaube, tief in mir liebe ich auch die Menschen, sonst wäre ich nicht hier.

Und tief, ganz tief in mir, weiß ich, dass ihr immer für mich da seid. Denn ihr seid meine wahre Familie

Mein Zuhause ist voller Glück und Frieden.

Dort gibt es Einhörner und Delfine.

Kinderlachen erfüllt die Ebenen des Lichts, wenn sie mit ihren Tieren oder miteinander Fangen spielen.

Alle Kinder werden hier genährt, bis sie wirklich satt sind.

Sattheit und Fülle sind auf den Ebenen des Lichts allgegenwärtig.

Sanftheit, Güte und bedingungslose Liebe.

Wenn ich von dort wieder zurückkehre, fühlt sich mein Körper oft sehr eng an, so, als würde die ganze Weite und Fülle nicht in ihn hineinpassen.

Diese Gefühle stören meinen inneren Frieden.

Dann glaube ich, dass ich nur mein Körper bin und fühle mich im Menschsein gefangen.

Dann vermag ich meine Gefühle und Eindrücke nicht zu verarbeiten.

Dann ist mein Herz schwer, und es scheint Blei auf meiner Brust zu liegen.

Bitte, nehmt mir die Last ab!

Menschen sterben, Menschen werden krank oder haben Unfälle.

Ich fühle so stark mit ihnen und den Hinterbliebenen, obwohl sie mir fremd sind.

Ihr habt mir gesagt, dass ich all das fühlen werde.

Und dass es nicht leicht wird.

Ihr habt mir gesagt, dass ich mehr fühlen, hören und sehen werde als andere.

Und dass alle inkarnierten Engel dieses Schicksal teilen.

Ihr habt mir gesagt, dass diese Wahrnehmungsgabe eine Gnade und der Schlüssel zu der Seele der Menschen ist, sodass ich ihnen in ihrer Seelennot beistehen kann.

Ich bin dankbar für meine Gaben und Aufgaben.

Und doch sehne ich mich nach der engelhaften Leichtigkeit meines Zuhauses.

Vielleicht werde ich sie finden, indem ich meinen irdischen Weg weitergehe.

Shakanta

Der Mond erhellt den Weg

„Jedes Geschöpf ist mit einem anderen verbunden, und jedes Wesen wird durch ein anderes gehalten.“
Hildegard von Bingen

Wir wünschen uns, dass die Sonne unseren Weg heiter und froh erscheinen lässt. Doch in manchen Phasen unseres Lebens ist es der Mond, der den Weg erhellt. Sein Licht kann sehr intensiv sein. Als ich gestern mit meinen Hunden im Dunkeln spazieren ging, war ich sehr froh darüber, dass der Mond den Waldweg erhellte. Ich fühlte mich im Mondlicht geborgen. Der Mond hat etwas sehr Nährendes, und gleichsam führt er uns in die tiefe Begegnung mit uns selbst. Er hält uns, während wir unserem Innersten begegnen. Er öffnet die Tore zu unserem Unterbewusstsein und lädt uns ein, die Ebene der Oberflächlichkeit zu verlassen, um neugierig zu erobern, was unser wahres Selbst ist und welche Schätze und inneren Reichtümer in unserem innersten Kern verborgen liegen. Der Mond ermuntert zum Fühlen und schafft damit die Verbindung zu unserem Herzen, dessen zugeordnete Energiequalität das Fühlen ist. So können wir fühlend unsere Innenwelt erfahren. Da gibt es Gefühle, die wir gerne fühlen, wie zum Beispiel Wärme und Geborgenheit; Gefühle, die uns vielleicht Angst machen, möglicherweise Liebe und Nähe; und Gefühle, die wir am liebsten ablehnen möchten. Das größte Geschenk liegt in den Gefühlen verborgen, die wir ablehnen oder die uns Angst machen, denn in ihnen finden wir den Schlüssel zur Aussöhnung mit uns selbst, den Schlüssel zum inneren wahren Frieden mit uns selbst, dem (den) Leben und dem Menschsein. Anstatt zu flüchten, halten wir inne und wenden uns dem zu, was wir ehrlich fühlen. Das ehrliche Fühlen kann sehr von dem abweichen, was wir oberflächlich glauben oder vorgeben zu fühlen.

Der Mond löst den Schleier der Illusionen und Selbsttäuschungen, vorausgesetzt, dass wir bereit sind, uns noch tiefer auf die Begegnung und Beziehung zu uns selbst einzulassen. Dabei kann uns der rosafarbene Strahl von Rowena begleiten, öffnet er doch über den Aspekt der Selbstliebe die Energieebene des Mitgefühls mit uns selbst. Und Mitgefühl mit uns selbst können wir erst dann wirklich fühlen, wenn wir bereit sind, die Härte und gnadenlose Unverzeihlichkeit uns selbst gegenüber aufzugeben.

Wie sehr bist du wirklich bereit, dich in den rosafarbenen Energieraum deines Herzens hineinzulassen? Wie viel Herzensplatz räumst du dir selbst ein, dir und deinem Inneren Kind? Wo kannst du die Härte fühlen, mit der du dir selbst begegnest? Wenn du glaubst, versagt zu haben? Wenn du glaubst, einen Fehler begangen zu haben? Wenn es dir wieder einmal nicht gelungen ist, das Leben zu kontrollieren? Wenn du dich zu sehr vom Außen beeindrucken lassen und dabei die Verbindung zu dir selbst verloren hast, den Kontakt zu deiner Mitte, den Kontakt zu deinem Herzen, die Verbindung zu deinem wahren Fühlen? Wie liebevoll gehst du in solchen Momenten mit dir um? Wie versöhnlich bist du wirklich MIT DIR SELBST?

Spüre dem einen Moment nach, indem du deine Hände auf dein Herzzentrum legst und in einigen tiefen Atemzügen dir selbst begegnest; deiner Enge, deiner Weite und dem Zwischenraum, in dem du vielleicht deine Wahrheit fühlen kannst.

Mit diesem Eintauchen in die Tiefen deiner inneren Gefühlswelt geht die Neuverbindung mit dir selbst einher. Das ist der Lohn, auch wenn der Weg nach innen nicht ganz ohne Geburtsschmerzen vonstatten geht. Im Grunde genommen gebären wir uns neu, indem wir uns bereitwillig auf das Dunkle, Mondige, Unbekannte in uns einlassen. Wir geben uns uns selbst hin, um uns im Fühlen zu erfahren und im fühlenden Erfahren eine Ahnung von dem Wesen zu bekommen, das wir in Wahrheit sind. Wir tauchen tief in unsere Innenwelt ein und dringen gleichzeitig in höhere Bewusstseinsebenen vor. So öffnet der Mond das Tor zu höheren Dimensionen.

Wir bewegen uns die Entwicklungsspirale aufwärts. Obwohl wir nach Höherem streben, nach mehr Licht, Klarheit, Reinheit... und uns dabei der Ebene der bedingungslosen Liebe annähern, kann es sich manchmal anfühlen, als würden wir auf der Stelle treten beziehungsweise in einem Thema festhängen. Dieses sind Phasen der tiefen Beschäftigung mit sich selbst, in denen ein Thema auf verschiedenen Ebenen intensiv bearbeitet wird. Nicht selten handelt es sich hierbei um karmische Themen. Wenn wir darum bitten, dann werden wir alle notwendigen Informationen dazu erhalten. Es liegt im Interesse unserer geistigen

Führung, die zur Auflösung erforderlichen Begegnungen herbeizuführen. Seien wir also aufmerksam auf innere Impulse und äußere Zeichen.

Wir entwickeln uns aufwärts, und gleichsam wird eine innere Spirale in Bewegung gesetzt, die bohrend und aufdringlich empfunden werden kann. Wir können einem Thema beziehungsweise einem Gefühl dann nicht mehr länger ausweichen. Wir müssen hinsehen, und das möglichst mit den barmherzigen Augen des Herzens. In solchen Phasen ist es besonders wichtig, gut auf die eigenen Bedürfnisse zu achten und sich den nötigen Rückzug zu erlauben. Ich weiß, das ist nicht immer einfach. In unserer Gesellschaft ist es nicht normal zu sagen: „Ich brauche einen Tag frei für meine Seele. Ich brauche Zeit, um mich selbst zu spüren und wiederzufinden."

Vielleicht führt die steigende Zahl der Burn-out- oder Fibromyalgie-Patienten langsam zu einem Umdenken, doch warum müssen dafür zuerst so viele Menschen zusammenbrechen und durch die oft schmerzvollen und erniedrigenden Gutachtererfahrungen gehen? Wenn ein Mensch bereits am Boden liegt, woher soll er dann die Kraft nehmen, sich gegen Menschen zu behaupten, die ihn an Bewertungsschablonen messen, die von einer Gesellschaft kreiert wurden und zum größten Teil die Seele leugnet? In der es immer noch ein Makel ist, wenn jemand ein seelisches Problem hat. Ich glaube, dass selbst bei einem Beinbruch die Seele beteiligt ist. Denn warum bricht sich Person A ein Bein und Person B braucht offensichtlich diese Erfahrung nicht? Wenn wir wirklich alle so schablonenhaft gleich wären, dann hätten auch alle denselben Weg. Aber den haben wir eben nicht. Ich wünsche mir von Herzen, dass die Bemerkung: „Dann ist es eben psychisch“, nicht mehr in einem abfälligen Sinn gebraucht wird, der den Menschen als minderwertig erscheinen lässt.

In einem Neurodermitisschub sagte vor vielen Jahren ein Arzt zu mir: „Das richtet die Natur schon so ein, dass sie keine Kinder bekommen!“ Logisch, denn in dem Moment galt ich gemäß des biologischen Prinzips der natürlichen Auslese als minderwertig. Wie mag ich mich da wohl gefühlt haben? Ich vergebe ihm, denn er wusste es nicht besser. Damals war ich noch nicht stark genug, mich zu behaupten. Mittlerweile bringe ich mir genügend Selbstrespekt entgegen, sodass ich sagen kann, dass ich in den vergangenen Jahren überwiegend respektvolle und zum Teil auch bereichernde Begegnungen mit Ärzten hatte. Meine Patienten berichten mir jedoch häufiger von erniedrigenden Erfahrungen. Natürlich hat auch das wieder mit der Person selbst zu tun, mit ihrer Seele, doch wenn wir achtsamer und menschlicher miteinander umgehen würden, würde manche erniedrigende Erfahrung von vornherein wegfallen. Jeder bräuchte nur darauf zu achten, dass er aussendet, was er empfangen möchte, dass er so respektvoll mit seinem Mitmenschen umgeht, wie auch er von diesem mit Achtung behandelt werden möchte. Mehr ist es doch nicht.

Ein bisschen mehr Mitmenschlichkeit und Freundlichkeit, ein bisschen mehr Herzensoffenheit und ein aufmunterndes Lächeln hier und da – das würde uns allen guttun.

Als ich in diesem Jahr im Krankenhaus war, habe ich von allen Seiten sehr viel menschliche Wärme erfahren: Von dem Chirurgen, der mich operiert hat und dem ich an dieser Stelle für seine Menschlichkeit danken möchte; von den Krankenschwestern und Pflegern und meiner Zimmergenossin. Wir hatten eine geborgene, schöne Zeit miteinander. Das war eine sehr positive Erfahrung für mich.

Ich würde mich von Herzen darüber freuen, wenn Vernetzung zwischen Schulmedizin und „alternativen Heilern" mehr und mehr möglich wäre, wenn es zum Beispiel normal wäre, im Krankenhaus mit Klangschalen zu arbeiten, Reikibehandlungen zu geben, Meditationen anzubieten und für die Heilung der Patienten zu singen. Wer auch immer sich berufen fühlt, an diesem Netzwerk mitzuarbeiten, möge es tun. Denn es zählen die Taten. Da heißt es dann doch einmal, mutig über seinen eigenen Schatten zu springen und sich zum Wohl der Menschheit einzubringen. Aus einer solchen Vernetzung kann nur Gutes entstehen: zum Wohl der Gebenden und zum Wohl der Nehmenden.

Die Entwicklung unserer Seele fordert die tiefe Begegnung mit uns selbst. Unsere Seele verlangt nach der Heilung unserer Herzenswunden. Auf diesem Weg wird das Herz freier und leichter. Und doch ist es wichtig, dass wir nicht nur der Leichtigkeit Raum geben, sondern auch dem Gefühl der inneren Schwere, dem Schmerz, dem Wundgefühl. Alles gehört zusammen. Indem wir allen Aspekten in uns den ihnen gebührenden Raum geben, können wir die Einheit erfahren und auch die Liebe, die in und hinter allem ist. Letztendlich ist es die reine Absicht des Herzens, die wirklich zählt. Und die Liebe, mit der wir in eine Lebenserfahrung eintauchen. Ich glaube, dass sich jeder Mensch nach Liebe sehnt, nach Geborgenheit und Herzensglück. Wenn wir doch alle nach dem Einen streben, warum dann nicht gleich jetzt die Auf- und Abwertungsmuster aufgeben, die der Liebe nur im Wege stehen? Nur ein Gedanke.

Heute beleuchtet der Mond meinen Weg.
Im nährenden Schutz seiner Geborgenheit
wende ich mich meinem Innenraum zu.
Dieses Mal bleibe ich!
Dieses Mal schaffe ich es!

Der Ton des Herzens

Jeder Mensch hat seinen eigenen Ton, einen inneren Klang, der ihm das Wohlgefühl vermittelt, im Einklang mit der Schöpfung zu sein. Die Suche nach dem Urklang in sich selbst führt in das eigene Herz. Dort möchte der innere Ton gefühlt werden, möchte sich ausdehnen und sich in der Welt verströmen. Die liebende Kraft des Herzens, der der Urton entspringt, ist eine sich selbst verströmende, sich selbst nährende Kraft, die mit der Urquelle der Liebe verbunden ist. Aus dieser Urquelle werden unsere Herzchakren mit Energie gespeist. Leider verwenden wir noch sehr viel Energie darauf, diese Liebesenergie zu unterdrücken. Zu groß ist die Angst vor dem Rückstrom der Liebe in das eigene Herz.

Die Heilkraft der bedingungslosen Liebe erfährt im Menschsein Begrenzungen, die die Menschen selbst erschaffen. Dabei ist die bedingungslose Liebe ursprünglich eine Kraft der Freiheit. Diese Liebe birgt in sich die Fähigkeit, einander annehmen zu können, wie wir sind. Diese Liebe will nicht umerziehen oder verändern. Sie will weder Schuldbewusstsein wecken noch strebt sie nach Vergeltung. Folgen wir wirklich noch dem Plan der Liebe?

Es ist an der Zeit, dass wir uns den Menschen zuwenden, die es wirklich ehrlich mit uns meinen und uns von denen vorübergehend abwenden, deren Absichten nicht dem reinen Herzen entspringen. Damit geben wir ihnen die Chance, ihr Verhalten zu erkennen und zu verändern. Spielen wir ihre Spiele weiter mit, dann nähren wir sie mit unserer wertvollen Lebensenergie, nehmen uns dadurch selbst die Kraft und den anderen die Chance des Wachstums beziehungsweise der Umkehr. Mit Umkehr meine ich die gesunde Umkehr zur Liebe, die gesunde Besinnung auf sich selbst und das, was wirklich wichtig ist und das Menschsein ausmacht.

Manchmal habe ich den Eindruck, dass das Menschsein sich auf die Ego-Machtspiele reduziert hat. Warum inszenieren wir anstatt des Verstrickungsspiels nicht einfach ein Spiel der Liebe mit Happy End? Ist es uns zu langweilig oder zu kitschig? Fehlt dann der Nervenkitzel? Die Nerven können in einem Bad der Liebe herrlich vibrieren so, wie prickelnder Champagner. Nun gut, jeder hat in jedem Moment seines Lebens die Wahl. Jeder hat im Glücksrad des Lebens die gleiche Gewinnchance auf den Hauptgewinn. Es gibt keinen höheren Lohn als die Liebe. Und diesen Lohn muß man sich nicht einmal verdienen.

Häufig fällt uns das Geben leichter als das Nehmen. Doch erst dann, wenn wir uns auch für den nährenden Nehmen-Strom öffnen, kann sich die Herzenskraft ausbalancieren und frei entfalten. Wenn die Liebe der rosafarbenen Strahlung in das Herz einströmt, dann berührt sie verschiedene Aspekte der menschlichen Liebe, wie zum Beispiel das „Sich-Selbst-Nähren", das „Sich-Selbst-Annehmen", das „Sich-Selbst-Lieben". Dann kann die Selbstliebe kein leeres Wort mehr bleiben, sondern möchte erfahren werden, indem die Tür der Selbst-Vergebung durch den Menschen selbst geöffnet wird. Wenn wir fähig sind, unseren Herzensstrom zu blockieren, sind wir auch in der Lage, ihn wieder zu befreien! Auch wenn das nicht immer von heute auf morgen gehen kann. Wir blockieren unsere Herzensenergie auf der Grundlage vergangener, emotionaler Verletzungen, die wir unseren Mitmenschen heute noch nachtragen. Wir führen in Gedanken Dialoge, formulieren im Kopf, was wir einem Menschen sagen wollen oder wollten. Doch wie selten verlassen diese Worte des Herzens, der Seele, den Mund? Wie oft verlässt uns der Mut, das zu sagen, was wir wirklich denken und fühlen? So findet die Gedankenenergie keinen Ausdruck und „hängt sich im Kopf auf", so, wie sich ein Computer aufhängt. Nichts geht mehr. Zeit für einen Neustart.

Ich bin übrigens zu der Erkenntnis gekommen, kein Mensch auf der Welt ist es wert, dass ich aus Angst vor seinen Reaktionen meinen eigenen Herzensstrom blockiere! Nicht mehr, dieses Muster darf jetzt der Vergangenheit angehören. Wir durften leidvoll erfahren, dass das „energetische Mauern" Blockaden im Energiesystem erzeugte und der Körper in seiner Form diesen Blockierungen nicht selten gefolgt ist. Wenn wir uns damit beschäftigen, wem wir noch etwas nachtragen, dann dürfen wir uns auch darüber klar werden, an welche Menschen wir noch Erwartungen haben. Es lohnt sich, sich damit einmal schriftlich auseinanderzusetzen und dann ehrlich im eigenen Herzen zu fühlen, wo der wirkliche Mangel ist. Den Mangel an Liebe, den wir aufgrund eines emotionalen Defizits aus der Vergangenheit fühlen, kann niemand von außen ausgleichen. Das können nur wir selbst tun, indem wir erkennen, dass die Liebe niemals abwesend war, und indem wir die universelle, übergeordnete Liebe wieder für uns beanspruchen.

Wir können uns zum Beispiel vorstellen, dass der rosafarbene Strahl in unser Herz fließt und er – wie verletzt unser Herz auch sein mag – alles mit Liebe erfüllt. Wo Liebe ist, da kann Leere nicht sein. Wo Liebe ist, existiert kein Mangel mehr. Ein emotionaler Mangel ist nur dann fühlbar, wenn ich glaube, etwas von außen zu brauchen. Wenn ich zum Beispiel glaube, dass nur ein ganz bestimmter Mensch auf der Welt diesen Mangel ausgleichen kann. Was aber ist, wenn dieser Mensch, nach dessen Liebe ich hungere, zum Beispiel meine Mutter ist? Was ist, wenn sie damals, als ich Kind war, aufgrund ihrer eigenen Lebensgeschichte nicht in der Lage war, mir ihre nährende Liebe zu vermitteln? Und was ist, wenn ich als Kind, bedingt durch meine Vorleben, gar nicht in der Lage war, Nähe oder Liebe fühlen zu können? Zu einer zwischenmenschlichen Beziehung gehören immer mindestens zwei. Der rosafarbene Strahl aber wirft mich zunächst einmal auf die Beziehung zu mir selbst zurück. Und das ist gut so. Ich kehre zu meiner inneren Basis zurück. Und es stellt sich mir die Frage:

Wer bin ich jenseits der erfahrenen Prägungen?

Es lohnt sich, dem nachzuspüren.

Es lohnt sich, jetzt die große, selbstreinigende Befreiungsaktion zu starten.

Es lohnt sich, sich von Projektionen zu befreien.

Ein Frühlinsputz der Seele.

Ich weiß, dass es sich oft leicht anhört, wenn ich Zusammenhänge be- schreibe, denn ich schreibe erst dann über ein Thema, wenn ich es tief ergründet habe. Im Schreiben vermittle ich die Essenz meines Tauchgangs. Ich beschreibe nicht jede meiner Tiefen. Ich möchte vielmehr dazu ermuntern, die eigenen Tiefen zu ergründen. Meine Umkehr vom (Selbst-)Hass zur (Selbst-)Liebe hat bis zum heutigen Tag in diesem Leben circa 20 Jahre gedauert. Die Reise, auf der ich meinen eigenen Ton wiederfinden werde. Der Weg hat sich gelohnt. Und ich bin noch nicht fertig.

Der Herzenston erinnert uns an die ursprüngliche Reinheit des Herzens, die ihren Ausdruck in der Welt finden möchte. Wenn wir es ehrlich mit einem Menschen meinen, wenn wir aufrichtig sind, wenn wir einfach mit unserem offenen, mitfühlenden Herzen für einen anderen Menschen da sind, in solchen Momenten können wir die Reinheit des Herzens fühlen.

In der Gegenwart von Tieren können wir ganz in den Augenblick eintauchen, und schon sind wir eins mit allem. Wenn wir zum Beispiel mit unserem Hund spielen, die Katze liebkosen, oder wenn ein Pferd uns seinen Kopf auf die Schulter legt und seinen warmen Atem in unsere Haare bläst, dann können wir die Einheit fühlen. In solchen Momenten lassen wir uns selbst los, und die Gedanken hören auf, um sich selbst zu kreisen. Dann sind wir ganz mit uns selbst, einem anderen Geschöpf und der Schöpfung verbunden. In solchen kostbaren Momenten können wir – wenn wir innerlich ganz still werden – den Klang der Schöpfung im eigenen Herzen hören und fühlen.

Ehrliche Übung zur Bewusstheit

Fertige eine Liste an.

Welcher Person/welchen Personen trage ich etwas nach?

Wen mache ich für meinen „Mangel an Liebe“ verantwortlich?

An wen habe ich stille oder ausgesprochene Erwartungen?

Welches ist das ehrliche Herzensgefühl dahinter? (Es können auch mehrere Gefühle sein.)

Welche Glaubensmuster sind damit verbunden?

Was will ich wirklich?

☆☆

Heute tue ich etwas, von dem ich genau weiß, dass es mich in mein Herz und in den Augenblick führt.

Lady Rowena - Deine wahre Kraft

Wenn ich in dein Leben trete, dann erinnere ich dich an deine wahre Kraft. Hiermit meine ich deine ursprüngliche, weibliche Kraft. Das bedeutet, ich trete nicht nur durch das Rosentor deines Herzens, sondern auch durch das Rückentor zu deinem Becken, um von hinten nach vorne die Kraft deiner Beckenenergie aufzubauen. Zuerst vom Rücken her. Symbolisch bedeutet das: Die Vergangenheit ist aufgeräumt, der Nährboden für eine neue Kraft ist vorbereitet. Dann erreiche ich mit meiner Energie die Innenräume deines Beckens. Dort findest du die Kraft, die dir hilft, deine Anliegen zu formulieren, denn diese Kraft gibt dir das nötige Rüstzeug und den Mut, dich gezielt für deine Anliegen einzusetzen, geradlinig, zielgerichtet und klar.

Bis jetzt wolltest du niemandem zur Last fallen, hast dich im Hintergrund gehalten, um möglichst unauffällig und unerkannt dein Leben zu leben. Doch wenn du dich immer im Hintergrund hältst, so frage ich dich: Lebst du wirklich dein Leben? Oder lebst du in der Vermeidung und Leugnung deiner Kraft? Suchst du immer noch die haltende Hand, die dich führt? Brauchst du immer noch einen Vorreiter, ein Zugpferd, jemanden, der dich mitnimmt? Lass es sein. Lass dieses alte Muster deiner Kindheit jetzt los. Glaube mir, es ist besser, der eigenen Weisheit zu folgen, der eigenen inneren Stimme. Auch ich habe meine Erfahrungen gesammelt, und mühsam musste ich alles Karma bereinigen, das aus meinem Wunsch nach Halt und Unsichtbarkeit entstanden war. Selbstgemacht. Meine Schuld. Ich hätte es besser wissen müssen. Kennst du diese Gedanken? Dich schuldig zu fühlen für deine vermeintlichen Fehler und Umwege, für deine Kommunikation und deine verschluckten Worte? Fühlst du dich nicht immer ein bisschen schuldig, wenn du mit Menschen zusammen bist? Das kommt daher, dass du deine Beckenkraft vermeidest. Das funktioniert nicht. Du kannst diese Kraft, deine wahre Kraft, deine weibliche Kraft nicht vermeiden, weil sie existiert, in dir existiert.

Pause

Halt inne. Spüre sie, deine wahre Kraft. Bewege dein Becken sanft. Spüre diese wunderbare, weibliche Kraft.

Pause

Und jetzt: Bejahe deine Kraft. Sie ist fortan deine kraftvolle Begleiterin.

Ich helfe dir, diese Kraft auf eine sanfte und zarte Weise zu integrieren. Kein Kampf mehr. Bitte, kein Kampf mehr gegen diese, deine weibliche Kraft. Bitte, keine Selbstzerstörung mehr, keine Selbstzerfleischung mehr und auch kein Märtyrertum. Bitte, kein „mit dem Kopf durch die Wand" mehr und keine Zerstörung zwischenmenschlicher Verbindungen. Eine gesunde Ablösung ja, aber keine abrupte Zerstörung mehr, die einen Haufen Seelenscherben hinterlässt. Glaube mir, du musst sie selbst nur wieder aufräumen. Ich lade dich ein zu einem Neubeginn mit dir selbst. Lass uns diesen Neubeginn mit einem feinstofflichen (oder realen) Glas Champagner feiern! Feiere dich selbst! Feiere die Reintegration deiner wahren, weiblichen Beckenkraft. Für einige Tage magst du ein komisches Gefühl in deinem Becken, deinem unteren Rücken und dei-

nen Beinen haben. Ein stabileres Gefühl, ein sattes Gefühl, es mag sein, dass dein Bauch sich größer anfühlt, obwohl er es nicht ist, und es mag sein, dass deine Beine sich wie Baumstämme anfühlen und deine Knieprobleme verschwinden, einfach deshalb, weil dein Geistführer von mir – und eigentlich von deinem Höheren Selbst – beauftragt wurde, dein Becken neu auszurichten. Dann können sich auch bald deine Kieferprobleme auflösen.

Hast du den Missbrauch vergeben? Ja, ich sehe in dein Herz, und was ich sehe, erfüllt mich mit großer Freude. Ich sehe, dass du den Missbrauch vergeben hast. Glaube mir, damit hast du dir selbst die Tür geöffnet und trittst jetzt ein in den Herzensraum der Selbstvergebung, der mit Rosenquarzen ausgestattet ist. Endlich bist du dir der Liebe Gottes wieder wert! Hier bist du, in deinem Herzen, schuld- und schuldenfrei. Karmische Last fällt jetzt von deinen Schultern. Lass dir dabei helfen, dass auch dein Körper bis auf die Zellebene die Traumata des Missbrauchs deiner weiblichen Kraft jetzt loslassen kann. Nimm die Hilfe der Menschen an, die dir so gerne von Herzen helfen wollen. Jetzt bist du es dir endlich wert! Keine Wut und kein Zorn mehr und damit die neue Möglichkeit, neu und positiv den zwischenmenschlichen Seelenraum zu erfahren. Eine neue, wunderbare Möglichkeit, deine Kraft auf eine zarte, zärtliche und (selbst)nährende Weise zu erfahren. Begrüße diese Kraft!

In Licht und Liebe,
Rowena

Lady Rowena
Wohin gibst du deine Kraft?

Und jetzt frage ich dich: Wohin gibst du deine Kraft? Ist dir eigentlich bewusst, dass du jedem von deiner wertvollen Kraft gibst, den du in deinen Gedanken festhältst? Was denkst du? An wen denkst du? Möchtest du, dass deine Kraft zu diesem Menschen fließt? Wenn nicht, dann entlasse ihn aus deinen Gedanken! Eine weitaus Kraft schonendere und gesündere Variante ist die folgende:

Gehe in Gedanken in deinen Herzensraum. Schließe ihn auf. Wieder betrittst du deinen inneren Rosenquarzraum. Und jetzt: wechsle die Ebene. Verlasse die Ebene deiner Gedanken und begib dich auf die Ebene deines Herzens, des Fühlens. Du bist jetzt auf der Fühlebene angekommen. Nimm gelassen Platz in deinem Rosenquarzraum und bitte jetzt alle Menschen in deinen Herzensraum, die du zuvor in deinen Gedanken festgehalten hast. Alle kommen gerne und setzen sich rund um die rosafarbene Flamme der bedingungslosen Liebe. Glaube mir, mit allen hattest du bereits in deinen Vorleben zu tun.

Dieses ist eine karmische Zusammenkunft, und du hörst dir mit den Ohren deines Herzens, also mit den Ohren der Liebe, die Worte deiner Mitmenschen an. Und während du ihnen zuhörst, hebt sich dein Herz auf die Ebene des Mitgefühls, und Lady Kwan Yin betritt den Raum. Sie reicht allen den Kelch der verzeihenden Liebe. Damit bekommen alle diese wundervollen Menschen die

Möglichkeit, ihren Mangel an Liebe zu erkennen und dich und sich selbst mit den Augen der Liebe zu betrachten. Dann verabschiedest du diese Menschen. Sie verlassen deinen Herzensraum, um ihren eigenen zu betreten. Ich, Rowena, du und Kwan Yin, wir haben ihnen die Brücke zu ihrem Herzen gebaut. Nun ist es an ihnen, über diese Brücke zu gehen. Du kannst nichts mehr für sie tun. Also gib ihnen ihre Eigenverantwortung zurück, und wann immer es sein muss, spiegele die Eigenverantwortlichkeit für das Denken, das Sprechen und das Handeln auf deine Mitmenschen, indem du selbst achtsam im Umgang mit deiner Kraft bist. In Liebe zu dir selbst. In Nähe zu dir selbst. In Einigkeit mit dir selbst. In Freiheit mit dir selbst.

Natürlich kann es auch nährend sein, wenn Menschen aneinander denken. Es ist dann nährend, wenn sie liebevoll und fürsorglich aneinander denken. So denkt eine Mutter liebevoll an ihr Kind, ein Arzt macht sich konstruktive Gedanken über die Behandlung eines Patienten, Gedanken, die seiner Fürsorge entspringen und damit durch die Herzenskraft genährt werden usw. So entsteht ein nährendes Netzwerk, in dem Gedanken und Herzenskraft miteinander in Einklang sind. Diese Kraft ist positiv und kann sehr viel Halt und Kraft geben. Auch führt sie nicht zu Kraftverlusten des Gebenden, da die reine Absicht des Herzens der gebende Kraftquell ist. So kehrt der ausgesendete Liebesstrom in das eigene Herz zurück und erfährt auf seinem Weg eine vielfache Verstärkung.

Wenn ein Freund an eine Freundin denkt und sie ganz fest in Gedanken umarmt, weil er weiß, dass sie das jetzt braucht, dann wird diese Freundin seine Kraft fühlen. Vielleicht unbewusst, doch das Gefühl kommt an. Gefühle und Gedanken kommen immer an. Je klarer du selbst wirst, und je mehr du wieder mit deinem wahren Fühlen verbunden bist, umso klarer kannst du auch die Gedanken und Gefühle deiner Mitmenschen und auch deiner Tiere wahrnehmen. Die Entfaltung dieser Fähigkeit setzt jedoch voraus, dass du dich selbst gut kennst, so gut, dass du beginnst zu erfassen, welches deine eigenen Gedanken und Gefühle sind und welche woanders herkommen. Es findet ständig Vermischung statt. Der Aspekt der Eigenverantwortlichkeit beinhaltet die Klarheit der eigenen Gedanken, Gefühle, Worte und Handlungen und damit die Fähigkeit der klaren Unterscheidungskraft. Meine Wahrheit – deine Wahrheit – ein guter Lehrmeister ist hier der Aufgestiegene Meister Hilarion, schult er doch den Weg deiner inneren Wahrheit.

Und jetzt denke über meine Worte nach und finde deine eigene Antwort auf deine stillen Fragen.

Du findest die Antwort nicht in deinen Gedanken. Du findest sie in deinem Herzen, indem du dich gemütlich am rosafarbenen Herzensfeuer der bedingungslosen Liebe in deinem Rosenquarzraum erwärmst. Sei dir gewiss, aus deiner inneren Ruhe heraus ergeben sich die besten Lösungen.

In Licht, Liebe und inniger, fordernder Verbundenheit,
Rowena

Lady Rowena
Die Ausgewogenheit von Yin und Yang
oder
Die Balance deiner inneren Kräfte

Und nun kommen wir zu deinem nächsten Thema, das sehr wohl etwas mit deiner weiblichen Kraft zu tun hat. Und so frage ich dich: Wie lange hast du jetzt „deinen Mann gestanden“? Ist es nicht Zeit zur inneren Einkehr, um dich auf die Suche nach deiner inneren Frau zu machen, um dich endlich mit ihr – und somit mit dir und deiner weiblichen Urkraft – auszusöhnen? Wie willst du dich wohl in dir selbst fühlen, wenn du an deiner alten Gewohnheit festhältst, deine männliche Kraft zu leben? Fordert dich deine innere Frau vielleicht dazu auf, deine Kontrollsucht aufzugeben? Wenn du den Wunsch hast zu beherrschen, dann gib ihn auf. Dieser Wunsch entspringt nicht dem Herzen. Weder will – von seinem Ursprung her – der Mann die Frau beherrschen, noch will die Frau den Mann beherrschen. Und doch lebt ihr dieses Prinzip mit euch selbst, was auch in euren Beziehungen zum Ausdruck kommt. Da wünscht ihr euch Harmonie und bekämpft sie ständig selbst. Beziehung ist kein Kampf. Die Beziehung strebt nach Balance, nach einer inneren Ausgewogenheit der männlichen und weiblichen Kraft. Wenn du dir wünschst, dass dein Mann männlicher wird, dann tritt innerlich einen großen Schritt zurück, bejahe deine weibliche Kraft, pflege deine weibliche Seite, nimm deine männliche Aktivität zurück und eröffne durch deinen Rückzug deinem Mann den Raum, in seine männliche Kraft eintreten zu können. So gibt die Frau etwas von ihrer „Härte" auf, und der Mann gibt etwas von seiner „Weichheit" her, damit die Relationen wieder stimmen.

Wie oft führt die Frau Regie in einer Familie, weil sie der Ansicht ist, in ihrem Mann ein weiteres Kind nähren zu müssen. Entlasse dich selbst aus der Rolle der nährenden Mutter deines Mannes, denn er hat bereits eine Mutter. Gestatte ihm, dass seine männliche Kraft wachsen kann, indem du dich selbst zurücknimmst und alle Verpflichtungen abgibst, die du ihm aus Liebe abgenommen hast. Halte ihn nicht länger klein. Lass ihn groß werden und gestatte dir deinerseits das Wachstum deiner inneren Frau. Das führt zu einer reifen und fruchtbaren Mann-Frau-Beziehung und gleichsam auch zu einer inneren Ausgewogenheit der Kräfte, denn was ist Gesundheit? Gesundheit entsteht aus der Balance von Yin und Yang, aus dem fließenden Gleichgewicht dieser beiden wundervollen Kräfte. Leugne weder das eine, noch das andere, und du findest mehr Harmonie in allen deinen Beziehungen. Die innere Harmonie findet ihre Entsprechung im Außen. Vielleicht beginnst du, nährender zu kochen. Vielleicht beginnt dein Mann, seine Hemden selbst zu bügeln, während du ein entspannendes Bad genießt. Vielleicht tauscht ihr manchmal die Rollen und spielt mit den Kräften des Yin und Yang. So findet eure Beziehung Belebung und die Beziehung zum eigenen Geschlecht wird gestärkt. Erzengel Chamuel hilft gerne in allen Beziehungsfragen, wenn ihr ihn darum bittet. Du kannst deine Beziehung zu dir selbst oder zu einem Partner/einer Partnerin in seine feinstofflichen Hände legen. Warte nur ab, es wird Fluss in deine Beziehung kommen.

Welches Verhalten dir selbst gegenüber beziehungsweise gegenüber deinem Partner/deiner Partnerin möchte überdacht werden? Welche Rolle passt nicht mehr zu dir/ zu euch? Lege die alte Rolle ab wie ein altes Gewand. Du kannst das Gewand im violetten Feuer verbrennen und dir ein neues anziehen, eins, das dir wirklich gefällt. Wenn du dir ein Kleidungsstück kaufst, wählst du ja auch eins, das dir passt und gefällt. Nicht anders ist es mit den Verhaltensweisen. Passt dir etwas nicht mehr, entspricht etwas nicht mehr deinem heutigen Entwicklungs- und Weisheitsstand, dann ändere dein Verhalten und erwarte nicht, dass der andere sich zuerst ändert. Veränderung beginnt immer bei dir selbst. Sie wird ihren Ausdruck von selbst in eurer Beziehung finden. Ganz bestimmt.

So möchte mein Strahl dich ermuntern, deine Beziehung zu dir selbst und zu anderen in Liebe und Weisheit zu leben. Zwischen Partnern fließen oft viel zu viele Worte, die der Verhärtung dienen, anstatt das Fließgleichgewicht von Yin und Yang zu fördern. Dadurch werden unnötige Blockaden errichtet. Die Partner machen sich das Leben gegenseitig schwer, anstatt einander positiv zu nähren, ein Verhalten, das nicht selten zur Trennung führt. Dann beginnt dasselbe Spiel von vorne mit einem neuen Partner, und zwar so lange, bis du bereit bist, dein Verhalten zu überdenken, zu „überfühlen“ und im positiven, dich näh-

renden Sinn zu verändern. Erwarte nicht, dass die Veränderung von selbst geschieht, kann sie doch nur durch dich und deine Einsicht erfolgen.

In diesem Sinne möchte ich, Rowena, dich dazu einladen, deine Beziehungen freudvoller zu gestalten, die Beziehung zu dir selbst und zu deinen Mitmenschen.

Nutze deinen Verstand richtig und reichere ihn mit einer großen Portion Herz an. Dann bist du immer auf dem richtigen Weg.

In Licht und Liebe,
Rowena

Meditation „Herzensöffnung“

Eine Meditation zum Herzchakra (Anahata-Chakra)
Mantra: Om Mani Padme Hum

Begib dich an einen ruhigen Meditationsort.

Nimm dir heute Raum für dich selbst, um deinem Herzen zu begegnen.
Deinem Herzen, das jetzt bereit ist, sich zu öffnen.

Stelle dir vor, dass du auf einer Blütenwiese bist, die sich inmitten einer jungfräulichen, unberührten Natur befindet. Alles um dich herum wirkt so rein. In der Ferne plätschert ein Bach. Vögel zwitschern. Irgendwo spielt jemand auf einer Flöte. Die Klänge der Umgebung stimmen dein Herz froh und leicht. Es ist, als würde dich diese Umgebung dazu einladen, ein neues Leben zu beginnen. Ein neues Leben in Liebe zu dir selbst und Allem-was-ist.

Aus den Tiefen deines Selbst taucht die Erinnerung auf, dass du heil bist.
Was auch immer in deinem Leben geschehen sein mag, dein Herzchakra (Anahata-Chakra = Anahata kommt aus dem Sanskrit und bedeutet: unbeschädigt, nicht angeschlagen) ist in seinem Zentrum immer heil und mit der Liebe verbunden geblieben.

Pause

Heute wollen dich auf deiner Reise nach innen zwei Krafttiere begleiten. Ein Pferd, das das Vertrauen in die Menschen verloren hat, und ein Delfin, dessen Körper von Narben durchzogen ist, die durch Schiffsschrauben verursacht wurden. Trotz ihrer seelischen und körperlichen Verletzungen haben das Pferd und der Delfin heute den Mut aufgebracht, mit dir die Reise in dein Herz anzutreten. Sie wissen, dass sie mit dir gemeinsam in deinem Herzen Heilung finden werden. Du kannst dich in diesen Krafttieren spiegeln und realisieren, dass das Leben in jedem von uns Spuren hinterlässt. Auch in dir. Auch deine Seele, und vielleicht auch dein Körper, haben Narben und Verletzungen davongetragen. Doch du bist hier, und du lebst.

An dieser Stelle tritt Rowena zu dir, nimmt dich an die liebende und führende Hand. Sie will dir Mut machen, noch mehr Spuren zu hinterlassen, Spuren der Liebe zu dir selbst und zu deinem Leben, vielleicht deutlicher als je zuvor. Jede Spur, die du in der Verbindung mit der Liebe deines Herzens hinterlässt, ermuntert andere, sich ebenfalls für die Heilkraft der Liebe und die Verbindung zu ihrem Herzen zu öffnen. Alles, was du mit der Liebeskraft deines Herzens anreicherst, hat Kraft.

Rowena möchte dich ermuntern, dich mit der vollen Kraft deiner Liebe zu verbinden. Sie weiß sehr wohl, dass es dir lieber ist, im Hintergrund zu wirken, dass es dir lieber ist, unauffällig und unerkannt zu sein. Hast du schon einmal darüber nachgedacht, dass du in deinem Bemü-

hen, unerkannt zu bleiben, ein großes Potenzial in dir unterdrückst? Du möchtest, dass Wunder in deinem Leben geschehen. Nun denn, entscheide dich für die Befreiung deiner wahren Kraft. Nur ein Vorschlag. Rowena ist nicht zu dir gekommen, um dich in deinem niedrigen Selbstwertgefühl zu bestärken. Sie kommt nicht zu dir, damit du deine Vogel-Strauß-Methode (Kopf in den Sand beziehungsweise Bettdecke über den Kopf) weiterpflegst, sondern sie möchte dich an dein Vertrauen in deine Kraft und Stärke heranführen. Schritt für Schritt, in deinem Tempo. Auf jeder Stufe triffst du deine eigene freie Wahl. Für oder gegen die Selbstliebe, für oder gegen deine Kraft, für oder gegen die Aufrechterhaltung des Kampfes gegen Gott, dich selbst, das Leben, deine Mitmenschen, dein Pferd, deinen Hund…

Wenn du erkennst, dass alles, was dich umgibt, ein Ausdruck dessen ist, was du über dich denkst… Was möchtest du dann ändern? Und wenn nicht aus deiner Kraft, woher sonst soll die Energie für die Veränderung kommen? Gib zunächst deinen Zorn auf Gott auf, denn hat nicht er dich in diese Lage gebracht, aus der du dich befreien willst? Oder warst du es selbst? Sei dir gewiss: Kämpfst du gegen Gott, dann kämpfst du gegen dich selbst, denn seine Kraft gibt sich in deine Kraft, die du dann schöpferisch für die Gestaltung deines Lebens nutzt. Du hast also alles, was in deinem Leben ist, selbst zu verantworten. So ist es. Und das Beste ist, weder dich noch es zu bewerten, sondern eine ehrliche Bestandsauf-

nahme dessen zu machen, was in deinem Leben ist. Und dann kannst du in aller Seelenruhe entscheiden, wovon du dich lösen und was du verändern möchtest. Die nötige Ruhe erfährst du in deiner täglichen Meditation, die du mit einem sinnvollen Körpertraining kombinieren kannst, um dein Gefäß zu stärken.

Bist du über ein Problem verzweifelt und weißt nicht, woher die Lösung kommen soll? Bitte, und du wirst empfangen. Vertraue deinen inneren Bildern, deinen Visionen, deinen Träumen. Und wenn etwas nicht sofort beim ersten Mal klappt – gib nicht auf, sondern bleibe am Ball, halte durch, gehe weiter und bleibe im inneren Vertrauen und Glauben. So fügt sich alles zum Besten. Du wirst sehen.

Hast du manchmal etwas akzeptiert oder schweigend geduldet, obwohl es besser gewesen wäre, sich für die optimale Lösung einzusetzen? Wolltest du Reibung vermeiden? Hast du dich dann in Grübelei und Kopfzerbrechen verloren, anstatt mutig zu handeln? Oder nachts mit den Zähnen geknirscht, anstatt am Tage zu sprechen und deine Worte an die richtige Adresse zu wenden?

Für jeden ist etwas anderes eine große Herausforderung. Das können ganz kleine, scheinbar unwichtige Hürden sein, die es für dich zu nehmen galt. Hast du sie genommen, geht es mit neuer Kraft und neuem Selbstvertrauen weiter auf dem Parcours des Lebens. Und jetzt geht es zunächst einmal tiefer in dein Herz, sodass dein ganzes Leben jetzt von deiner LIEBESKRAFT durchdrungen wird.

Erinnere dich. Hat nicht auch dich das Leben stark gemacht? Du bist am Leben. Und es ist an der Zeit, die Schwere der Vergangenheit loszulassen.

Jetzt ist der Beginn einer neuen Freiheit und Leichtigkeit.

Deine Seele klopft an.

Pause

Gehe mit deiner Aufmerksamkeit in dein Herzchakra in der Mitte deiner Brust.

Siehe – der zwölfblättrige Lotus entfaltet sich. Seine Blütenblätter leuchten in den Farben Grün, Rosa und Gold.

Begleite seine Entfaltung mit dem Tönen des Mantras: Yam (gesprochen: Yang).

Bleibe im Tönen, bis du das Gefühl hast, ganz im Herzen angekommen zu sein.

Visualisiere dich im Zentrum des zwölfblättrigen Lotus.

Fühle:
Hülle und Schutz.
Geborgenheit und Liebe.
Hier ist die Welt in Ordnung.
Meine Innenwelt ist in Ordnung.
Ich bin getragen von Liebe und Licht.

Wenn du dich vollkommen geschützt und getragen fühlst, dehne den Lotus kraft deiner Vorstellung so weit aus, dass er nicht nur deinen Körper, sondern auch dein aurisches Feld umhüllt.

Alles erstrahlt im Erwachen des Juwels im Lotus.

Begleite deine Entfaltung mit dem Mantra:
„OM MANI PADME HUM“.
Töne es auf deine ganz eigene Weise, frei aus deinem Herzen heraus.
Entfalte deine Herzensstimme im Tönen.

Du bist eins mit deiner Innenwelt, und die Außenwelt bleibt draußen, rückt ganz in den Hintergrund.

Du in deiner Innenwelt, in der Verbindung mit der Liebe deines Herzens und somit in der Verbindung mit der Quelle der unendlichen Liebe des Schöpfers, bist das Zentrum, das Juwel im erwachenden Lotus.

Genieße.

In deiner Zeit tauche aus der Tiefe der Meditation wieder auf, indem du beobachtest, wie die Blätter des Lotus sich schützend um dich legen und seine Wurzeln mit deinen eins werden.

☆☆

Ich bin über die Liebe meines Herzens mit meiner Innenwelt verbunden, deren Zentrum Ich BIN.
Heute ist es in Ordnung, dass die Außenwelt an Wichtigkeit verliert.
So gewinne ich das Vertrauen in mich selbst und in die Ordnung meiner Innenwelt zurück.
Tief in meinem Herzen bin ich heil und ganz.

Kwan Yin
Das Erwachen des Juwels im Lotus

Wenn die Selbstliebe in dir beginnt zu erwachen, gleichsam der Entfaltung der Blütenblätter des Lotus, in dem Moment wirst du die wahre Kraft deiner Wurzeln und deiner Herkunft als einen dir zufließenden, nährenden Strom in deinem Sakralchakra empfangen. Hier löst sich Karma auf, hier löst sich jeglicher Stress, den du je mit deiner Körperlichkeit hattest, in meiner Strahlung auf.

Doch das Erwachen in der Friedensenergie mit deiner Körperlichkeit geht Schritt für Schritt. Denn da liegen einige unausgepackte Pakete mit der Aufschrift „Nicht bearbeitet" vor dir bereit. Es ist Zeit, eines nach dem anderen auszupacken. Es ist Zeit, mir deine Furcht vor dem Verborgenen zu übergeben, damit du dich hinwenden kannst, damit du deinen Blick nach innen, links unten wenden kannst, hin zu den verborgenen Abgründen deiner Seele. Das soll sich nicht bedrohlich anhören, doch lange, lange hast du deine verborgene weibliche Kraft als Bedrohung empfunden. Warum, das weißt nur du alleine. Zugegeben, wir wissen es auch, doch es ist wichtig, dass du dich in dir selbst erkennst. Nur so kann das Juwel im Lotus erwachen. Durch deine Hinwendung, durch deine Selbsterkenntnis, durch die Hinwendung in der Meditation und die Hinwendung an das tägliche Leben mit all seinen Aufgaben, die es dir stellt. Und wenn du beginnst, alles von deiner Liebe durchdringen zu lassen, jede Lebenserfahrung, so, wie du in der vorherigen Meditation gelernt hast, die Liebesenergie aufzubauen, dann wird dein Leben noch reicher, noch tiefer und erfüllt vom Segen jenes Friedens, der sich aus dir selbst heraus durch deine Aussöhnung mit der Körperlichkeit entfaltet und sich als segensreicher Friedensstrom in die Herzen der Menschen ergießt, wenn auch sie Frieden wollen.

Bevor du dich aber an die unausgepackten Pakete wagst, mache es dir für einen Moment bequem, halte inne und atme tief in dein Sakralchakra. Hier berühre ich dich mit meiner violetten Strahlung; atme sie bitte tief in dein Sakralchakra und lass sie sich hier spiralförmig ausdehnen. Gold-violette Spiralen. In diesem Spiralfeld erscheint jetzt deine Körperform, so, wie du dich wahrnimmst. Dieses Bild kann von dem tatsächlichen Bild deiner äußeren Erscheinungsform abweichen. Das spielt keine Rolle. Wichtig ist, wie du dich wahrnimmst. Ganz ehrlich. Wenn du Stresssymptome spürst, übergib sie dem Transformationsfeld der Lichtspiralen. Fühlst du Irritation, übergib sie der gold-violetten Transformationsstrahlung. Erschrick nicht. Bewerte nicht. Es löst sich gleich. Stress sinkt zur Erde und wird dort umgewandelt, und du hörst auf, um dein Überleben zu kämpfen. Schau dich noch einmal an. Hat sich etwas verändert? Vielleicht kannst du dich jetzt als Einheit betrachten.

Wiederhole die Übung, wann immer du es möchtest, um den Einklang mit deiner Körperlichkeit herbeizuführen. Durch dich selbst erreichst du dein Ziel. Ganz aus dir selbst heraus und aus dem Glauben an deine Heilkraft und deine inneren Bilder. Das Vertrauen in deine inneren Bilder schulst du einzig und allein durch die Hinwendung an dich selbst, an dein Inneres, in den Tiefen der Meditation. Selbst-Vertrauen und Selbst-Wert kann dir niemand von außen „einimpfen“. Es wäre leicht, wenn es für so etwas eine Spritze gäbe. Diese Qualitäten baust du durch dich und aus dir selbst heraus auf. Wenn liebende Menschen dich dabei an die Hand nehmen, dann ist das willkommen. Doch das Wichtigste ist, dass du dich in deinem Innenreich willkommen heißt. Denn wenn du im Inneren fühlen kannst, dass du willkommen bist, kannst du das auch im Außen erfahren.

Nun, wo ist deine Wahrnehmung, wo ist dein Fokus? Ich bin/Ich bin nicht willkommen. Ich bin/Ich bin nicht annehmbar, so, wie ich bin. Ich bin/Ich bin nicht in Frieden/im Einklang mit mir selbst, usw. Finde heraus, was ist, denn das gibt dir den besten Hinweis auf deine unausgepackten Pakete.

Ich wünsche dir Freude bei der Hinwendung an dein Inneres, an dich selbst und beim Auspacken der Pakete – eines nach dem anderen – wohl wissend, dass in jedem einzelnen das Geschenk der Heilung, Ganzheit und Einheit mit dir selbst verborgen liegt.

In Licht und Liebe,
deine Kwan Yin

Gefühle erlauben

Der in das Herzchakra einflutende rosa Strahl spült die wahren Gefühle an die Oberfläche. Bitte bleibe im Vertrauen, wenn die Flutwellen deiner inneren Gefühlswelt dich zu überrollen drohen. Achte in diesen Zeiten besonders auf deine innere Führung, denn wenn Bedrohung gefühlt wird, überlassen wir sehr schnell dem Kopf die Führung. Jetzt aber besteht die Prüfung darin, dass du trotz bewegter innerer See deinen Schwerpunkt unten behältst, sodass du im guten Kontakt mit deinem Körper bleibst.

Hierfür gab mir Rowena das Bild einer gelben Quietscheente, eine Ente, wie man sie auf dem Jahrmarkt angeln kann. Die Ente schwimmt auf einem Fluss und hat unten ein Gewicht, das sie immer wieder ins Gleichgewicht bringt. Bei bewegtem Fluss befindet sich die Ente auch einmal in Schräglage, doch kommt sie immer von selbst wieder in ihre Mitte. Sie kann gar nicht untergehen. Wenn die Ente sich zu sehr an den Rand bewegt, ziehen die Engel unsichtbare Schutzwände hoch, damit sie nicht von ihrem Weg abkommt. Finde dein eigenes Bild in deiner kreativen Schatzkammer.

Die emotionale Reinigung kann auch mit körperlichen Reinigungsprozessen einhergehen, denn die innere Verschleimung ist nicht selten die Folge der emotionalen Verschlackung. So ist es also gut und gesund, dass der Körper sich reinigt. Es ist vielleicht nicht immer leicht, zu den körperlichen Reinigungsprozessen Ja zu sagen, doch sie gehören dazu. So ist es.

Der rosa Strahl ist noch einmal die Einladung an dich, SELBST-VERURTEILUNG aufzugeben. Der Beginn, gnädig und barmherzig mit dir selbst zu sein. Jeder hat seine Vergangenheit, und es gibt keinen Grund, sich für sie zu verurteilen. Wenn die geistige Führung Einblicke in karmische Zusammenhänge ermöglicht, dann nur deshalb, damit wir das JETZT besser verstehen und einordnen und demzufolge auch leichter bearbeiten können. Dazu musst du wirklich bereit sein, die volle Verantwortung für deine Leben zu übernehmen. Und du musst auch bereit sein, die wahren Worte deines Herzens, die dem Empfindungsurgrund deiner Seele entspringen, zum Ausdruck zu bringen. Deine innere Führung wird dir helfen, die richtige Form des Ausdrucks zu finden. Es ist wichtig, dass die Gefühle einen Abfluss finden, damit der Körper nicht wieder verschlackt oder verstopft. Er ist doch der Tempel der Seele. Er ist das Königsgefäß.

Bitte nimm jetzt Kontakt zu deiner inneren Führung auf.

Wende dich für einen kurzen Augenblick nach innen.

Was fühlst du?

Wem gegenüber möchtest du deine wahren Gefühle ausdrücken?

Frage deine innere Führung nach der richtigen Form deines Gefühlsausdrucks.

Folge heute einmal den Empfehlungen deiner inneren Führung.

Mach selbst die Erfahrung, wie sehr es sich lohnt, auf deine innere Führung zu hören.

Es ist Zeit, dass dein Alltag mehr und mehr von deinem inneren Wissen durchdrungen wird. Nutze deine innere Navigation, um gut und sicher auf deinem Fluss zu schwimmen, sodass du gut bei dir sein und in dir ruhen kannst, mehr und mehr, während dein Lebensstrom einmal schneller und voller Stromschnellen, und dann wieder sanft und plätschernd fließt. Lass dich von deinem Leben bewegen und erfülle es mit deiner Seele!

Ich lasse mich von meinem Leben bewegen und erfülle es mit meiner Seele!

Wie viel Trauma verträgt die Seele?

Wenn sich die Sinne wieder neu mit dem Herzen vernetzen, verändert sich auch die Wahrnehmung. Der rosa Strahl bereitet den Weg der bedingungslose Liebe vor. Es ist der Weg ins Zentrum unseres Herzens, dort, wo wir Gott, Christus, uns selbst begegnen. Bevor wir diese Energiestufe erreichen, - denn alles ist Schwingung, alles ist Energie, - gehen in der Regel Klärungsprozesse voraus. Meiner Erfahrung nach dulden diese Klärungsprozesse keinen Aufschub und erlauben nicht den Anflug von Oberflächlichkeit. Das Unterbewusstsein ruft nach einer gründlichen Aufräumaktion mit dem Ziel, dass wir uns in den Tiefen unseres inneren Wassers wieder wohl und geborgen fühlen, getragen und genährt, so, wie ein geliebtes Baby im Fruchtwasser der geliebten Mutter. Wenn wir wieder fühlen können, dass wir im Schoß der göttlichen Mutter geborgen sind, können wir uns frei atmend wieder der Göttinnenkraft erinnern, die in unserem Energiesystem pulsiert und auf Befreiung wartet.

Wer zu dieser Kraft erwachen möchte, hat sich nicht selten einen großen Rucksack voll mit „weiblichen Themen" gepackt, in dessen Inhalt häufig auch die Erfahrung eines sexuellen Missbrauchs liegt. Und da kann Lady Rowena uns mit ihrem Strahl, der Gott sei Dank keine Flucht duldet, die inneren Tore zu einer wahren, tiefen und heilenden Bearbeitung öffnen. Die Heilung der Erfahrung von sexuellem Missbrauch, die Klärung bis auf Zellebene, die Auflösung traumatischer Angst- und Panikenergien und des antrainierten Fluchtverhaltens bei der leisesten Ahnung einer möglichen Grenzüberschreitung braucht Zeit.

Bitte flüchte nicht mehr, solltest du dieses erlebt haben, sondern wende dich achtsam und vorsichtig deinen inneren Flucht- und Angstmustern zu, die so sehr dein Leben in der Vergangenheit eingeengt und bestimmt haben. Suche dir kompetente Hilfe, jemanden, der dich streckenweise an die Hand nimmt. Du schaffst es, aber du musst an dich glauben! An deine Kraft und Stärke. Ziehe dich dieses Mal nicht aus deinem Leben zurück, sondern tritt dein göttliches Erbe an, indem du dir sagst: „Dieses Mal bleibe ich, ich wende mich noch einmal – ganz tief – dem Missbrauchsthema zu." Ich weiß, dass du schon ewig an diesem Thema arbeitest, ich weiß, dass du keine Lust mehr dazu hast, dich damit zu beschäftigen, doch wenn du ganz ehrlich mit dir selbst bist, dann wirst du erkennen, wie eng du dich selbst gemacht hast aus der tiefen Angst vor einem erneuten Übergriff durch Männer/Menschen. Du kennst dich selbst am besten, und ich kann mir vorstellen, dass du dich fragst: Wie viel Trauma verträgt die Seele?

Ich sehe sehr viele Geschichten in meiner Praxis. Wenn ich sage *sehe*, dann deshalb, weil sich im Zuge der Klärung und Neuvernetzung meiner Sinne und im Zuge der Annäherung meiner Herzensenergie an die bedingungslose Liebe die Seelengeschichten in Form von Bildern vor meinem inneren Auge offenbaren. Ich kann die Schreie der Seele hören, wenn zum Beispiel ein Kind durch die Trennung seiner Eltern seine heile, beschützte Welt verliert. Dann bin ich dafür da – mit Hilfe meiner geistigen

Freunde –, behutsam an der Heilung der traumatischen Erfahrungen begleitend und stützend mitzuwirken. Ich bin unendlich dankbar dafür, dass ich sehen darf, was mit der Seele geschehen ist. Denn dann weiß ich, wo wir mit der Heilung ansetzen können.

Die Geschichten der Menschen bewegen mich zutiefst. Sie rühren mich tief an, und meine Ohren ertragen es kaum noch, wenn jemand zu mir sagt: „Ich habe gestern eine Frau gesehen, die war so dick, wie kann man nur." Meine Antwort ist dann: „Hinter allem steht eine Not der Seele, und niemand hat den inneren Wunsch, absichtlich so viel Gewicht mit sich herumzutragen." Wie oft werden Menschen in Dick und Dünn eingeteilt, Hässlich und Schön usw. Wie viel Leid und Trauma erzeugt die verletzende, grenzüberschreitende Bewertung durch Menschen?

Wenn ich an meine Kindheit zurückdenke, in der ich sehr einsam war, eine Außenseiterin, gehänselt, weil ich dick war, rote Wangen und Hasenzähne hatte und eine dicke Brille trug, dann frage ich mich auch: Wie viel Trauma verträgt die Seele? Wie lange hat mich die Angst vor der Bewertung durch andere Menschen begleitet und eng gemacht. Hinter einer Fassade von Selbstbewusstsein konnte ich meine wahren Gefühle verbergen. Doch Rowena begleitet mich auf dem Weg, diese Scheinmauer niederzureißen, um in mir ein wahres, gesundes Selbstwertgefühl aufzubauen. Die Angst vor Grenzüberschreitung hat mich nähere Kontakte vermeiden lassen. Es gab und gibt nur ganz wenige Menschen, denen ich vertraue und die mich wirklich erreichen können. Rowena macht mir bewusst

– einfach durch die intensive Einwirkung ihrer Strahlung –, wie sehr ich darunter litt, dass das Innere und das Äußere nicht zusammenpassten. Dieser innere Spagat kostete sehr viel Kraft. Im Grunde genommen – das wurde mir deutlich bewusst – war ich ständig auf der Flucht.

Gestern wurde mir gesagt, dass ich dieses Kapitel erst dann schreiben kann, wenn ich innerlich heil bin. Und heute morgen in der Meditation bekam ich ein wunderschönes Bild: Ich sah mich als Meerjungfrau in einer Unterwasserwelt; da schwamm auch ein Baby bei mir, und wir beide waren umgeben von Delfinen, Fischen, Haien, Seekühen, Robben und vielen anderen Meerestieren und Pflanzen, und ich fühlte mich vollkommen wohl, glücklich und beschützt. Dieses Bild war für mich die frohe Botschaft, dass ich mich in meinem inneren Wasser – meinem Unterbewusstsein – jetzt wohlfühle. Was für ein großer Lohn für die Mühen der inneren Arbeit der vergangenen Monate. Ich glaube, wenn nicht der Hörsturz passiert wäre, der die so intensive Hinwendung nach innen notwendig machte, hätte ich mich freiwillig nicht so intensiv mit mir befasst. Und jetzt beginne ich, das Gute in dieser Erfahrung zu sehen. Und das ist gut so. Jetzt darf ich mich entspannen und zurücklehnen, und da ist das Bedürfnis nach wahrer Nähe, nach wahrer Begegnung... So viel Schönes darf jetzt wachsen!

Ich möchte dir wirklich Mut machen, die Flucht zu beenden. Es lohnt sich. Ich spreche aus eigener Erfahrung.

Mit dem heutigen Tag – hier und jetzt –
beende ich die Flucht vor mir selbst!
Ich beende die Flucht vor dem Leben.
Ich beende die Flucht vor den Menschen.
Ich vertraue mir selbst, meiner Kraft
und meiner Stärke.
Der Heilungsschlüssel liegt im
Glauben an mich selbst.

Lady Rowena: Richtest du dich?

Richtest du dich?

Richtest du dich, wenn du nichts tust? Richtest du dich dafür, dass dein Körper eine Pause braucht? Wenn du dich für eine schöpferische Pause verurteilst, woher willst du dann die körperliche Kraft nehmen, um deine Projekte zu verwirklichen? Bevor du etwas in die Tat umsetzen kannst, brauchst du einen wirklich guten Kontakt zu deinen inneren Quellen der schöpferischen Kreativität, denn dort entspringen deine Ideen, von dort empfängst du die Impulse, die im Alltag nach Umsetzung verlangen.

Mache öfter eine schöpferische Pause.

Und wenn du merkst, dass du dich für das „Nichtstun" richtest, dann mache folgende innere Übung:

Du schlenderst einen Strand entlang. Dich begleitet ein Wal. Er schwimmt ganz nah am Ufer. Er gibt dir Kraft zum Sein. Er umhüllt dich mit der Energie des „Seins im Moment".

Kannst du dich jetzt noch richten?
Dein Verstand fragt sich, warum es funktioniert.
Nun, ich werde es dir nicht erklären.
Ich weiß einfach, dass es funktioniert.

In kreativer Leichtigkeit grüßt dich
Lady Rowena

Wie geht es dir wirklich?

In ihren Inkarnationen trägt die Seele unterschiedliche Gewänder. Gemäß der seelischen Entfaltung wiederholen sich die Lernaufgaben des Menschen so lange, bis sie gemeistert werden. Nicht immer lernen wir gleich aus unseren Fehlern, sondern wiederholen in unterschiedlichen Nuancen die gleichen Schleifen. Obwohl sich die Dinge zu wiederholen scheinen, wachsen wir dennoch. Vielleicht etwas langsamer, aber wir wachsen. Im Grunde genommen bleiben wir nie stehen. Manchmal versuchen wir, uns an der Vergangenheit festzuhalten wie ein Ertrinkender an einem schwimmenden Ast. Doch irgendwann müssen wir diesen Ast loslassen, erkennend, innerlich wissend, dass wir so viel Energie in das Festhalten und den Lebenskampf geben, anstatt loszulassen und die Kraft dafür zu verwenden, ans rettende Ufer zu schwimmen. Manchmal, da bewegen wir uns schon so lange in einem Thema, dass es festgefahren zu sein scheint, und wir können uns nicht mehr vorstellen, dass wir es irgendwann lösen werden. Und doch werden wir es lösen, weil der Schlüssel für die Lernaufgabe in unserem Inneren verborgen liegt. Und irgendwann werden wir ihn finden, und dann geht die innere Tür ganz leicht auf.

In jedem meiner Bücher gibt es mindestens ein Kapitel, von dem ich behaupten würde, dass es zu privat ist, um es einer breiten Öffentlichkeit zu präsentieren. Das wird dieses Kapitel sein, und ich bitte jeden Einzelnen, achtsam mit meinem privaten Raum umzugehen, das heißt, auch bitte keine Leserbriefe mit „Erlösungsvorschlägen" zu schicken. Vertraut mir, meiner inneren Weisheit, meiner inneren und höheren Führung, dass ich es in meinem Tempo meistere. Genauso werde ich auch dir und deiner Weisheit vertrauen, dass du deine Angelegenheiten in deinem Tempo gemäß deiner inneren Weisheit meisterst. Es liegt eine große Freiheit darin, wenn wir einander gestatten, in unserem eigenen Tempo wachsen zu dürfen. Und da sind besonders gut gemeinte Ratschläge fehl am Platz. Viel mehr wert ist ein guter Freund, der zuhört, ohne zu kommentieren. Denn so kann man sich im gesprochenen Wort reflektieren und häufig selbst in den eigenen Worten die Lösung finden.

Eine hilfreiche Übung

Koche dir einen Tee oder einen Kaffee und mache es dir auf deinem Sofa gemütlich. Vielleicht möchtest du ein paar Kekse bereitstellen und den Tisch schön decken, denn heute kommt deine liebste Freundin/dein liebster Freund zu Besuch.

Heute hast du dich selbst eingeladen.

Du bist ganz für dich da, um dir selbst wirklich zuzuhören.

Mit offenem Herzen, mit einem Herzen, das dir selbst zugewandt ist.

Und du beginnst, laut zu erzählen.

Du redest dir alles von der Seele.

Wenn du alles erzählt hast, was dir wichtig ist, halte einen Moment inne.

Schließe deine Augen und vereine dich in deiner Vorstellung mit dir selbst in deinem Herzen, indem du dich innerlich selbst umarmst beziehungsweise dir genau das vorstellst, was du wirklich in diesem Moment von deinem besten Freund/deiner besten Freundin brauchst.

Genieße das Gefühl der Einheit mit dir selbst.

Wenn du dieses Gefühl noch nicht genießen kannst, sei einfach da, mit allem, was jetzt ist. Erzwinge nichts, sondern sei einfach für dich da.

Öffne deine Augen.

Du selbst bestimmst das Ende dieses gemütlichen Zusammenseins.

Vielleicht ist dies der Beginn einer neuen, tiefen Freundschaft – mit dir selbst.

Es erscheint mir paradox, dass ausgerechnet ich ein Buch über die Freiheit und die Leichtigkeit der Seele schreibe, denn ich habe mich mein Leben lang unfrei und in meinem Körper gefangen gefühlt. Ich habe gegen meinen Körper gekämpft und befinde mich nun auf dem Pfad der Selbstliebe. Eigentlich ist es eine Hassliebe gewesen, denn vieles an meinem Körper mochte ich immer sehr: seine Sportlichkeit, ich liebe es, im Training meine Muskeln zu fühlen. Dann liebe ich auch die Kraft meines Körpers. Gekämpft habe ich immer nur gegen die weiblichen Formen und Empfindungen.

Bis zu dem Tag, an dem ich Kontaktlinsen bekam, litt ich sehr unter meiner Weitsichtigkeit und des „Entstelltseins" durch die Brille. Meine roten Wangen erschienen mir immer als ein Fluch, besonders, wenn mich jemand darauf ansprach, wie gesund ich doch aussehen würde. Wie gerne hätte ich lieber ein weißes Gesicht gehabt, eines, das weniger auffiel. Ich war einfach zu oft dem Spott der Menschen ausgesetzt, sodass meine Seele tiefe Narben und Traumata davongetragen hatte. Ein Leben lang suchte ich nach den Fehlern bei mir, nach dem, was denn so falsch an mir war, an meiner Wahrnehmung, meinem Aussehen, meinem Sein. Immer wieder kam es zu Einbrüchen des Selbstwertgefühls, obwohl ich doch wusste, was ich konnte und leistete. Lange Zeit konnte ich nicht wirklich fühlen, dass ich eine Daseinsberechtigung hatte.

Heute, mit 42, versuche ich, mich mit allem auszusöhnen. Heute fühle ich mich willkommen in mir selbst. Dank der großen Hilfe von Kwan Yin und der nährenden Quellenergien und dank meiner selbst und einiger wertvoller Menschen. Dank der Musik und meiner Tiere. Dank der

Natur und meines geistigen Teams, allen voran Hilarion, meines besten Freundes und Beraters.

Als ich mich nach vielen Jahren der Überlegung dazu entschloss, meine Brust, die aufgrund der durch die Magersucht verursachten Hormonstörungen „entgleist" war und sich auf natürlichem Weg nicht mehr regenerieren konnte, operativ verkleinern zu lassen, geschah das zu einem Zeitpunkt, an dem ich nicht mehr an der Selbstzerstörung festhielt. Die Operation wurde zunächst von der Krankenkasse abgelehnt. Ich legte Widerspruch ein und legte den Ausgang in Gottes Hände, denn ich wollte, dass wirklich das Beste zum Wohle aller geschah. Dabei blieb ich die ganze Zeit ehrlich mit mir selbst und legte auch der Krankenkasse wahrheitsgemäß meine Gründe dar, denn mein Nacken, mein Kiefer und mein Rücken litten sehr unter dem Brustgewicht, ganz zu schweigen von dem Druck, der seit der Entgleisung der Brust auf meiner Seele lag. Mit dem Ergebnis, dass die Operation bewilligt und im Februar 2008 erfolgreich durchgeführt wurde.

Im Krankenhaus hatte ich eine behütete Zeit mit einer sehr netten Zimmernachbarin. Der Chirurg war fachlich und menschlich sicherlich der beste, den ich mir wünschen konnte. Die Brust heilte sehr gut und nahm eine sehr schöne Form an. Da alles so perfekt war, war ich auf das, was sich dann in mir abspielen sollte, überhaupt nicht vorbereitet. Als ich wieder zu Hause war, fühlte ich mich wie ein Vogel, der aus dem warmen Nest gefallen war. Ich fühlte mich dünnhäutig und schutzlos. Zu Hause zu entspannen und mich zu regenerieren ist für mich ohnehin sehr schwer, da ich die Praxis im Haus habe und wann immer das Telefon klingelt, „angeschaltet" und alarmiert bin, zu helfen.

In der Nacht hatte ich einen Traum. Ich träumte, dass sich an meiner Brust gar nichts verändert hatte und weinte bitterliche Tränen. Irgendwann realisierte ich, dass die Brust jetzt doch ganz anders war, viel kleiner und leichter. Im Alltag fühlte ich natürlich die Erleichterung, und ich konnte jetzt auch andere Kleidung tragen. Doch bis ich meine neue Brust annehmen konnte, sollten Monate vergehen. Ich hätte sie mir so sehr noch kleiner gewünscht, doch der Chirurg hatte sie so klein gemacht, wie es chirurgisch möglich war. Viele unausgepackte Pakete warteten darauf, aufgemacht zu werden. Ich war nicht darauf vorbereitet, mich noch einmal dermaßen tief mit den weiblichen Themen meiner Seele zu befassen. Das hatte ich mir viel einfacher vorgestellt. Ich war der Meinung, dass ich im Vorfeld bereits alles bereinigt hatte und die Operation einfach die Lösung auf der körperlichen Ebene bringen würde. Wie naiv konnte ich manchmal sein!

Auf der anfänglichen Suche nach Bestätigung durch andere erntete ich genau das Gegenteil. Sprüche, die mir die Annahme meiner Brust noch schwerer machten. Die meisten – außer natürlich meine Freunde – bemerkten die Veränderung nicht einmal. Manche dachten, ich hätte einfach nur abgenommen.

Meine Erwartungen an meine Mitmenschen und ihre Sensibilität waren mal wieder zu hoch. Irgendwann in diesem Heilungsprozess entschied ich mich, mir selbst die

Zeit zu geben, dich ich brauchte, um das Neue annehmen zu können. Seltsamerweise konnte „mein Inneres“, oder soll ich besser sagen „meine innere Frau“ oder „mein höheres Bewusstsein“ die Brust von Anfang an wunderbar annehmen. Auch mein Körper integrierte sie sofort, und die Narben verheilten sehr gut. Ich befand mich also einerseits in der positiven Energie der Annahme, und gleichzeitig tauchten aus meinem Unterbewusstsein verborgene Unterströmungen auf, die mir sehr vertraut waren. Es waren alte Verbündete aus meiner Vergangenheit. Mir war nicht bewusst, dass sie noch da waren und mich aus meinem Unterbewusstsein heraus noch so stark steuerten. Es war Zeit für die Auflösung dieser negativen Unterströmungen, damit ich den Weg freier, unbeschwerter, leichter und mehr im Einklang mit mir selbst und meiner Seele fortsetzen konnte. Zugegeben, bei der Bearbeitung der Themen, die jetzt an die Oberfläche gespült wurden, hätte ich manches Mal lieber die Flucht angetreten. Doch „Abhauen“ wurde nicht erlaubt, denn mein Auftrag war ja bekanntlich noch nicht zu Ende. Ich schwankte oft zwischen Wut, Ohnmacht und Angst, und es dauerte einige Zeit, bis ich in mir die Kraft fühlen konnte, um mein Leben selbst in die Hände zu nehmen und die positiven Veränderungen herbeizuführen, die ich so dringend brauchte.

Immer wieder versuchte mein Kopf, die Kontrolle über mein Herz zu gewinnen. An manchen Tagen war ich so weit von der Selbstannahme entfernt, dass ich dachte, ich schaffe es nie. Und dann wieder gab es Tage, da fühlte ich mich mehr denn je im Einklang mit mir selbst. Und irgendwann, besonders als ich wieder begann, regelmäßig täglich zu meditieren, kam wieder mehr Beständigkeit in meine Mitte. Das fühlte sich zunächst gut an, doch dann kam Langeweile auf. Alles verlief in ruhigen Bahnen. Es fehlte die Herausforderung. Es fiel mir schwer, mich wirklich auszuruhen, und das, obwohl ich die Ruhe dringend brauchte. Da schrie ich einerseits nach Ruhe, bekam sie, dann wurde es mir wieder zu langweilig, und dann sollte mir bald alles wieder viel zu viel werden. Na ja, der Mensch produziert sich sein Chaos selbst. Es ist ein gutes Ziel, die Kraft der Mitte und der inneren Beständigkeit aufzubauen. Diese Kraft ist eine hilfreiche Grundlage für den Alltag. Wenn du also das Gefühl hast, du solltest mal wieder meditieren, dann tue es jetzt einfach! Manchmal geht es wirklich einfach um das Tun. Wenn da nicht der komplizierte Kopf wäre!

Ich gebe mir selbst die Zeit,
die ich für meine Heilung brauche.

Mutter Maria
Im Schoß der göttlichen Mutter geborgen

Geliebte, aus den geistigen Reichen grüßt dich Maria. Ich bin die Energie der Mutter Gottes, der Großen Mutter, und ich halte dich in meinem Schoß geborgen. Nimm das nährende Bild ganz tief in dein Herz auf, sodass sich das Gefühl des „Ich bin im Schoß der Mutter geborgen" wie eine Flamme in dein Herz einbrennt. Denn dieses Gefühl entspringt dem Urgefühl der bedingungslosen Liebe, dem Gefühl „Ich bin bedingungslos geliebt." Dieses Urgefühl ist ein Aspekt der rosa Flamme der Dreifaltigkeit. Wenn du erlaubst, dass sich dieses Gefühl jetzt tief in dein Herz einbrennt und die Meister es dort versiegeln, dann kann dein verletztes Herz in dieser Liebe gesunden. Lass dir Zeit. Es heilt in seiner Zeit. Du hast es nicht eilig. Das Tagesziel ist bereits jetzt erreicht.

Der Mensch strebt nach äußeren Zielen und vernachlässigt dabei – oft unbemerkt – die wahren Ziele, die die Seele sich gesetzt hat. Denn die Seele strebt das Einssein im Menschsein an.

Halte immer wieder Fokus auf das innere Bild in deinem Herzen: Du, im Schoß der Mutter geborgen, eingekuschelt, gehalten, umfangen, beschützt, unendlich geliebt und willkommen, angenommen so, wie du bist.

Wenn du diese Mutterliebe nie erfahren hast, dann ist es jetzt an der Zeit, sie kennenzulernen.

Vielleicht gab es eine Hassliebe zu deiner Mutter und in der Entsprechung eine Hassliebe zu deinem Körper. Nun, ihr habt alle euer Bestes gegeben.

Die Tür der Selbstvergebung geht auf, und du vergibst dir selbst, dass du diese Hassliebe als deine innere Überzeugung angenommen hast.

Kannst du erkennen, dass sie nicht dem Urgrund deiner Seele entspringt?
Dann gib diese Überzeugung jetzt auf, indem du dir selbst vergibst.
Sage dreimal laut:

Ich vergebe mir selbst.
Ich gebe die Überzeugung der Hassliebe auf.

Ich vergebe mir selbst.
Ich gebe die Überzeugung der Hassliebe auf.

Ich vergebe mir selbst.
Ich gebe die Überzeugung der Hassliebe auf.

Erzengel Michael brennt mit der blauen Flamme des göttlichen Willens dein Herzchakra frei.

Göttlicher Frieden ist.
Göttlicher Frieden ist.
Göttlicher Frieden ist."

In Licht und Liebe, Maria, die Mutter Gottes in Tätigkeit, im Dienst der Liebe.

Wendepunkt

Wenn wir ein Kapitel unseres Lebens erfolgreich zum Abschluss bringen, können wir parallel dazu in der Meditation bereits die Energie für die Wende und den Neubeginn aufbauen. Obwohl ich mich noch im Alten bewege, habe ich eine Ahnung des Neuen und kann, wenn ich mich auf das Fühlen einlasse, auch bereits die Energiequalität des Neuen fühlen. In einer solchen Phase kann man leicht die Lust daran verlieren, sich dem Alten zu widmen, und doch heißt es hier, die nötige Disziplin aufzubringen, um das Alte erfolgreich zu beenden. Vielleicht bedeutet das, sich noch einmal umzuwenden, sich noch einmal der Rückschau auf den Pfad der Vergangenheit zuzuwenden, sich noch einmal intensiv nach innen zu wenden, um dem inneren Pfad der Selbstvergiftung bis zu seinem Ursprung zu folgen und nach Anleitung der inneren Führung die Ursache aufzulösen, damit der Weg für die Selbstliebe wirklich frei ist.

Dieses Mal geht es um die wirkliche Auflösung, auch wenn du dir kaum vorstellen kannst, dass dieses hartnäckige Thema bald beendet sein wird. Und dann, wenn du es aufgelöst hast, durchschreite das innere, himmlische Tor der Freiheit, genieße die Energie dort und trage sie in dein Erdenleben hinein, denn noch ist dein Erdenweg nicht zu Ende, noch liegen Herausforderungen und Aufgaben vor dir, dessen Erledigung umso leichter fällt, wenn du die Möglichkeit nutzt, dich durch den Kraftquell der Meditation täglich neu und mit der Energie deiner wahren Heimat aufzuladen.

Wenn du es möchtest, kannst du den Engel des Neubeginns bitten, die Wende zu begleiten. Du kannst dir Kristallwasser mit grünem Fluorit zubereiten. Und du kannst die leitende Gedankenenergie: „Ich traue es mir zu“ und „Ich packe es an“ verwenden. Noch geht es um das Handeln, noch braucht es deinen vollen Einsatz, bevor dann eine Phase der Ernte, der Hingabe und Entspannung folgen wird. Wende dich sowohl dem Alten als auch dem Neuen zu. Bringe das Alte zum Abschluss und siehe vor deinem inneren Auge, wie alles sauber aufgeräumt ist, so, wie du zum Beispiel einen Schreibtisch oder ein Zimmer aufgeräumt hast und zufrieden auf die wiederhergestellte Ordnung blickst. In der Hinwendung zum Alten baut sich das Neue bereits auf, denn wenn mich alte Gefühle noch immer in ihren Bann ziehen, muss ich mich ihnen zuwenden, sie heilen, ihren Ursprung heilen, damit der Bann seine Macht über mich verliert. Handeln kann also auch bedeuten: Ich wende mich dem Alten noch einmal zu. Ich wühle noch einmal im Schlamm, um das Gold zu finden, das sich darin verbirgt. Es ist mühsam, man hat keine Lust mehr, und doch kann nur jeder selbst diese Arbeit erledigen.

Die begleitende Affirmation kann zum Beispiel lauten: „Ich bin eine Meisterin/ein Meister des Handelns.“ Doch bevor du handelst, baue die Verbindung der Energie von Weisheit und Liebe in dir auf, sodass dein Handeln von diesen Kräften durchdrungen wird. Weisheit und Liebe, innere Stimme, Verstand und Herz wollen miteinander in Einklang gebracht werden. In solchen Phasen lohnt es sich, mit den Engeln Arbeitsteilung zu machen. Du kannst sie bitten, dir bei der Erledigung deiner Aufgaben zu helfen, dir den Weg zu ebnen und bei der Erschaffung des Neuen mitzuwirken. Sie lassen sich sehr gerne kreative Lösungen einfallen.

Wenn du in dir den tiefen Wunsch nach Veränderung oder die Notwendigkeit einer dringenden Veränderung (zum Beispiel aufgrund gesundheitlicher Probleme) spürst, dann mache dir bitte zunächst einmal bewusst, dass die Energie, die du benötigst, um die Wende herbeizuführen, bereits im Jetzt vorhanden ist. Auch wenn sich dein Leben momentan so gar nicht „im Fluss" anfühlt, keine Lösung in Sicht ist und du dich fragen magst: „Wie komme ich da raus?" Dann nimmt dich der Engel des Neubeginns an die Hand, zeigt dir neue, mögliche Wege und bringt den inneren Brunnen kreativer Ideen in Schwung.

Doch bevor die frischen Ideen hervorsprudeln, steigt der alte Schlamm hoch, damit er abfließen kann. Beobachte deinen inneren Brunnen. Beobachte den Schlamm. Was kommt da hoch? „Ich mag nicht mehr. Ich kann nicht mehr. Mein Einsatz wird nicht entsprechend honoriert. Ich schufte und es bleibt nichts über. Ich will nicht mehr aufstehen. Ach, wäre mein Auftrag doch schon zu Ende. Der Wunsch nach Erlösung… Der Schlamm des Jammerns... oder... oder… oder…" Und du leitest den Schlamm kraft deiner Vorstellung zur Erde, wo er in Liebe transformiert wird.

Wenn du einige Tage Ruhe für diesen inneren, so wichtigen Reinigungs- und Wachstumsprozess brauchst, visualisiere den Ruheraum und siehe, wie dir aus unerwarteten Geldquellen das Geld für deine Auszeit zufließt.

Manchmal braucht die Seele eine Auszeit.

Wo in deinem Alltag kannst du Inseln/Auszeiten einbauen?

Wie viele Tage in der Woche möchtest du arbeiten?

Wie viel Auszeit brauchst du, um dich zu regenerieren?

Visualisiere alles so, wie du es dir wünschst, und siehe auch, wie du die Auszeit richtig und sinnvoll nutzt. Du kannst die Meisterenergien von Orion und Angelika dazubitten. Angelika hilft dir bei der Transformation des Alten, und Orion stärkt deine Visionskraft für das Neue. Denn wenn die im Alten gebundene Energie frei wird, kannst du sie gleich wieder für den Aufbau des Neuen nutzen. Transformation lohnt sich. Es lohnt auch, sich innerlich auf die Suche zu machen, wo Energie in sinnloser Weise aus dem System abfließt, wo sie verschwendet oder falsch eingeteilt wird. Es lohnt sich, von Zeit zu Zeit das eigene Energiesystem innerlich zu überprüfen und – wenn nötig – Korrekturen vorzunehmen. Dabei kann sich die Kreativität wunderbar entfalten.

Vielleicht möchtest du diese Wartung deines Energiesystems jetzt durchführen.

Pause.

Jetzt – nach erfolgter Transformation – siehe auf den frischen, lebendig sprudelnden Brunnen deiner Kreativität und reichere die fließende Kraft mit einer großen Portion Herz an. Du weißt ja um die Liebeskraft deines Herzens. Du weißt um die Heilkraft der Liebe und darum, dass es die Liebesenergie deines Herzens ist, die die Wunschenergie mit der nötigen Manifestationskraft anreichert.

Nimm dir jetzt ein Blatt Papier und schreibe alles auf, was aus dem Brunnen deiner Kreativität hervorsprudelt und was du gerne manifestieren und verwirklichen möchtest.

Bedanke dich für die Erfüllung deiner Wünsche und für die himmlische und irdische Unterstützung bei der Verwirklichung deiner Ideen.

Fertige eine Engelwunschbox an. Sei kreativ. Schreibe in den Deckel eine Affirmation, die die Wunscherfüllung zum höchsten Wohle aller ausdrückt; eine Affirmation, mit der du dein inneres Wissen bekräftigst, dass du geliebt und bereit bist, das Beste anzunehmen; eine Affirmation, mit der du deinen Dank für die Erfüllung ausdrückst, zum Beispiel

Meine Wünsche erfüllen sich zum höchsten Wohle aller.
Ich bin geliebt, verdiene das Beste und bin bereit,
das Beste anzunehmen.
Danke, Gott, dass ich so reich beschenkt
und gesegnet bin.

Dann lege deine Zettel in die Engelwunschbox hinein. Indem du deine Wünsche in die Engelbox legst, bringst du deine Bereitschaft, loszulassen und die bestmögliche Lösung anzunehmen, zum kreativen Ausdruck.

Bewahre deine Box an einem Ort deines Vertrauens auf.

Vertraue auf die Wunscherfüllung zum richtigen Zeitpunkt auf die beste Weise.

Sollten Zweifel an der Wunscherfüllung aufkommen, bejahe die Heilkraft des Glaubens und des Vertrauens. Wenn du auf Muster des ICH BIN ES NICHT WERT stößt, bearbeite sie und löse sie erfolgreich auf, indem du deine innere Quelle der Kreativität nutzt.

Wisse: Dir steht immer das Allerbeste zu, WENN DU ES DIR WERT BIST.

Ich bringe jetzt meine Kreativität ein.
Ich reichere meine Wünsche mit
einer großen Portion Herz an.
Ich vertraue auf die Umsetzung meiner
kreativen Ideen und ihre Manifestation.
Ich vertraue auf die Erfüllung meiner
wahren Herzenswünsche.

Ich bin geliebt – deshalb verdiene ich das Beste.
Ich gebe meinem Leben die Richtung,
in die ich gehen will.
Ich gehe meinen Weg gradlinig,
aufgerichtet und klar.

Lady Rowena
Herzensaufgaben annehmen

Aus den geistigen Reichen grüßt dich noch einmal Lady Rowena. Ich grüße dich heute in königlicher Aufrichtung, jener Aufrichtung, die du so sehr verabscheust. Du hast dich bereits mit Atlantis beschäftigt. Du weißt, dass es dort Priester und Priesterinnen gab, die sich ihrer Herzensaufgabe und der Wichtigkeit ihrer Erfüllung voll bewusst waren. Nichts konnte diese königlichen Wesen davon abbringen, ihren Dienst in Vollendung zu verrichten. Und du trägst ebenfalls ein Herz in dir und auch eine königliche innere Würde, die dem inneren Wissen um deine Herzensaufgaben entspringt. Was nun, wenn dein Herz dich jetzt auf zu neuen Ufern ruft und dich an die Grenzen deines Mutes führt, auf einen Weg, auf dem du jene innere Sicherheit wiedererlangst, die dem inneren Wissen um deine Herzensaufgaben und um die in dir wohnende Kraft ihrer Erfüllung entspringt?

Wirst du dann dem Ruf deines Herzens folgen?

Was ist, wenn dich auf dem Herzensweg etwas viel Besseres erwartet als das, woran du so verzweifelt festhältst und das du so ängstlich zu kontrollieren versuchst?

Ich kann nur sagen:

Der Herzensweg ist der schönste Weg, - und kontrollieren kann man ihn nicht.

Schweigen?!

Der Wunsch nach Kontrolle entspringt deinem Verstand und hat seine Wurzeln in einem ängstlichen Festhalten der Vergangenheit, und das, obwohl diese oftmals extrem schmerzhaft war. Es erscheint sinnlos, am Schmerz der Vergangenheit festzuhalten, und es lässt sich auf der Energie von Verkrampfung keine Saat des Vertrauens aussäen. Die Blüten des Vertrauens würden nicht aufgehen, weil ihnen der entsprechende Nährboden fehlt. Das Vertrauen braucht eine entspannte innere Haltung als Nährboden, und wenn die Pflanzen des Vertrauens zu wachsen beginnen, dann brauchen sie deine Liebe, die sich aus deinem Herzen über sie ergießt, sie wässert und nährt.

Gestalte in deinem Herzen einen inneren Garten.
Säe dort die Saat des Vertrauens aus.
Pflege die Saat mit Liebe.
Und da die Pflanzen immer wieder nachwachsen,
kannst du so viele pflücken, wie du möchtest.
Während sie wachsen, wächst VERTRAUEN in dir.

Vertrauen in dich selbst.
Vertrauen in den Herzensweg.
Vertrauen in die Wahrnehmung deiner Herzensaufgabe.

Vertrauen in Gott und seine Schöpfung.
Vertrauen in den Überfluss der göttlichen Quelle.
Vertrauen in die Fülle der Liebe.

Und während dein Vertrauen wächst, kommen Schmetterlinge des Mutes herbeigeflattert, um sich am süßen Nektar der Vertrauenspflänzchen zu laben.

Und wann immer du diese Schmetterlinge in deinem Bauch fühlst:

Sei dir gewiss:
DU BEFINDEST DICH AUF DEINEM HERZENSWEG.

In Licht und Liebe,
Lady Rowena

Lady Nada: Über die Liebe

Seid gegrüßt, liebe Freunde, ich bin Nada. Ich möchte mit euch über die Liebe sprechen, denn die Liebe ist die Essenz eures Herzens. Aus dem Geistigen seid ihr eine Liebe gewohnt, die sich nicht nur auf einen einzelnen Menschen bezieht. Die Liebe, die ihr kennt, fließt grenzenlos; Bedingungen sind ihr fremd.

Wenn du nun dein Herz wieder öffnest für eine Liebe, frei von Bedingungen, dann kann das zunächst zu einigen Verwirrungen führen, denn dein Fühlen wird sich verändern. Du entwickelst dich von einer Enge in die Weite. Schuldgefühle werden hochgespült, sodass du sie betrachten, verstehen und loslassen kannst. Geistige Heilung nimmt Raum, denn es setzt eine Entgiftung ein, die Befreiung bringt. So können Gedankengifte und emotionale Gifte endlich losgelassen werden. Es mag sein, dass dein physischer Körper mit Entgiftungssymptomen reagiert. Unterstütze diesen Reinigungsprozess auf deine Weise. Indem du dich selbst fühlst, wirst du genau spüren können, was du wirklich brauchst. Erinnere dich: Du bist auf dem Weg nach Hause zum Vater. Es ist der Weg der Liebe, den du gehst. Diesen Weg kann nur gehen, der gelernt hat, auf sich selbst zu hören, denn die innere Stimme ist der Wegweiser.

Wenn du dich in einer festen Partnerschaft oder Ehe befindest, in der du glaubst, glücklich zu sein, mag es dich vielleicht verwirren, wenn deine Liebe nun für viele fließen will. Die Liebe folgt ihrer Bestimmung. Es mag Prüfun-

gen geben, Herausforderungen, doch wenn du dein Herz fragst, dann weißt du immer, zu wem du gehörst.

Menschen kennen sich aus vergangenen Leben. Und so wirst du Liebespartnern begegnen, mit denen du in Vorleben zusammen warst. Dein Herz und auch das Herz des Partners werden sich erinnern. Nutzt die Chance der Heilung. Auf diese Weise kann euer Karma bereinigt werden, und jeder von euch wird dadurch mehr Freiheit fühlen. Wenn du in der karmischen Auflösung bist, wirke immer zum Wohle aller im Sinne der göttlichen Geistheilung. Bitte Christus, die Leugnungen deiner wahren Gefühle aufzuheben. Denn nur so kannst du ganzheitlich heilen. Hältst du an Leugnungen fest, werden die unterdrückten Gefühle dich unbewusst beeinflussen. Je mehr du bereit bist, dich als ganzes Wesen zu betrachten und zu lernen, dich selbst zu lieben, desto stärker ist die Transformationskraft, die du in Gang setzt. Transformation im Dienste der Liebe. Beherzige dieses.

In Licht und Liebe,
Lady Nada

Wunschvorstellung: Karmisches Treffen

Als ich einem Partner wieder begegnete, mit dem ich mehrere Leben zusammengelebt hatte, nahm ich Einsicht in die verschiedenen Inkarnationen und bereinigte sie zum Wohle aller. Ich fühlte die Sympathie auf beiden Seiten, von mir zu ihm, von ihm zu mir. Mehr als Sympathie war da nicht, doch mir war sofort klar, dass wir uns aus einer anderen Zeit kannten, in der wir einmal sehr vertraut miteinander waren. In mir kam der Wunsch auf, den Mann um ein Treffen zu bitten, damit wir gemeinsam über unsere Vorleben sprechen und somit gemeinsam aktiv an der Heilung und karmischen Bereinigung arbeiten konnten. Dass dieses nicht möglich war, war mir klar. Denn ich konnte nicht voraussetzen, dass diesem Mann der Begriff des Karmas vertraut war, und ich wusste auch nicht, inwieweit er zur tieferen Bewusstheit und Selbsterkenntnis bereit war und an Vorleben glaubte. Ich hatte auch keinen inneren Impuls, ihn zu fragen.

Ich musste also schweigen – wie so oft – und meinen Wunsch für mich behalten. Wieder einmal war es meine alleinige Aufgabe, das Karma zu klären. Jedenfalls, was mich betraf. Er trug in jeder Begegnung auf seine Weise durch sein Handeln zur gemeinsamen Heilung bei, und auch unsere Gespräche empfanden wir beide als fruchtbar. Ich wusste, dass zum richtigen Zeitpunkt immer genau die richtigen Themenbereiche berührt wurden. Unsere beiden Teams arbeiteten sehr zuverlässig. Ich fühlte auch genau, wann er an mich dachte.

Das passierte mir oft in karmischen Wiederbegegnungen, dass ich denjenigen dann ganz oft in meinen Gedanken hatte. Auf diese Weise konnte ich mich aktiv damit auseinandersetzen und Lösungs- und Heilungsarbeit leisten. Und auch der andere setzte sich ja mit mir und unserer zwischenmenschlichen Begegnung aktiv auseinander, indem er mich in seinen Gedanken hielt. Wenn mir jemand zu oft in meiner Vorstellung erschien und ich mich dadurch geklammert fühlte, sprach ich über die Ebene des Höheren Selbst mit der Person und konnte mit ihr ganz in Ruhe alles besprechen. Auch das trug in allen Wiederbegegnungen zur karmischen Bereinigung bei. Wir müssen immer besonders achtsam sein, wenn wir das karmische Gewebe eines anderen Menschen betreten, denn das höchste Gebot ist, den freien Willen zu achten und zu respektieren, auf die Weise, wie man selbst geachtet und respektiert werden möchte. Über die Ebene des Höheren Selbst zu arbeiten setzt voraus, dass man selbst sehr klar ist und möglichst frei von Egobestrebungen, so frei, wie es eben geht.

Ich wünsche mir die gegenseitige Offenheit, miteinander über karmische Verbindungen und Gemeinsamkeiten sprechen zu können und gemeinsam heilende Lösungen zu finden. Und das in einem Raum der Achtsamkeit, nicht im Sinne einer Sensation, die das Ego beweihräuchert, sondern im Sinne einer ehrlichen und wahren Herzensbegegnung, getragen von Respekt, bedingungsloser Liebe und Achtsamkeit. Denn in einer solchen Seelenbegegnung können wir einen karmischen Knotenpunkt lösen, an dem die Gewebe unseres Lebens schicksalshaft miteinander verknüpft sind.

Was für eine Heilungschance bietet sich hier!

Was für eine Freiheit ergibt sich aus einer solchen Begegnung für alle Beteiligten!

Die Möglichkeit eines solchen Treffens setzt eine große Toleranz seitens der jeweiligen Beziehungspartner voraus. Denn wie reagiert der Partner, wenn ich sage:

„Du, ich habe da einen Partner aus einem früheren Leben wiedergetroffen, und ich möchte mich mit ihm verabreden, um unsere Beziehung zu klären und zu heilen."

Toleranz ist eine Tugend der rosa Strahlung.

Übung „Fluss fühlen“

Die folgende Übung dient dazu, Blockaden im Energiesystem zu lösen. Sie ist besonders gut dazu geeignet, emotionale und mentale „Panzer“ und „Mauern“ sowie energetische „Erstarrungen“ zu lösen.

In der rosa Strahlung geht es unter anderem darum, jene inneren Abwehrhaltungen aufzugeben, die in der Kindheit aus einem inneren Schutzbedürfnis heraus erworben wurden. Manche inneren Reaktionen sind so eingefahren und laufen mittlerweile so automatisch ab, dass sie uns teilweise gar nicht mehr bewusst sind.

Ein einziger Gedanke führt bereits zu vielen inneren Reaktionen. Ein positiver Gedanke lässt uns innerlich freier fühlen, während ein negativer Gedanke mit Angst in Resonanz geht und somit in die innere Enge führt. Und wir selbst sind verantwortlich für unsere Gedanken. Aber gerade dann, wenn wir uns innerlich gefangen fühlen, scheinen sich die Gedanken zu verselbständigen und sich wie ein Karussell in unserem Kopf zu drehen. Manchmal kommen wir gar nicht auf die Idee, das Karussell anzuhalten, obwohl wir schon lange nicht mehr mit ihm fahren wollen, und manchmal wissen wir nicht, wie wir es anhalten können. So setzen dieselben Gedanken, die wir schon immer denken, immer wieder dieselben inneren Reaktionen in Gang.

Es geht also darum, diese inneren Selbstläufer aufzudecken und in der folgenden Übung fühlend zu erfahren, was sich dahinter verbirgt. Letztendlich befindet sich hinter allem die Liebe, doch wenn wir fühlend noch nicht in der Liebe angekommen sind, dann liegt noch etwas davor, was verhindert, den freien Fluss der Liebe, der immer fließt, wahrnehmen zu können.

Die Energie der rosa Strahlung birgt große Chancen tiefer Selbsterkenntnis in sich, gerade was Beziehungen betrifft: sowohl die Beziehung zu sich selbst, als auch die zwischenmenschlichen Beziehungen. Es geht darum, als Mensch innerlich freier zu werden, damit das Leben mit sich selbst und den Mitmenschen leichter wird. Es geht darum, das Gefühl des „inneren Gefangenseins“ aufzulösen.

Wir Menschen wissen oft viel zu wenig voneinander, wissen zu wenig darüber, wie es der Seele wirklich geht und wie man sich wirklich innerlich fühlt. Wenn innere Mauern fallen, wird das auch dazu führen, dass im Außen wahre und tiefe Herzensbegegnungen möglich werden. Und dabei kann jeder selbst wählen, wie tief er sich auf eine Beziehung einlassen möchte. Wenn ich mich aus meinem inneren, einst selbsterschaffenen Gefängnis befreit habe, dann habe ich wieder das innere Gefühl einer Wahl. Und das macht so frei!

In Bezug auf die innere Freiheit habe ich mit der folgenden, recht einfachen Übung sehr positive und nachhaltige Erfahrungen gemacht. Es ist für mich selbst immer wieder ein Wunder, wenn sich mentale Erstarrungen und emotionale Mauern, unter denen ein Mensch oft Jahrzehnte lang gelitten hat, so nachhaltig auflösen, dass sie wirklich nicht wiederkehren.

Die folgende Übung kann sowohl für sich selbst als auch bei der Arbeit mit einem Klienten angewendet werden.

Ich schreibe sie hier für die Selbstanwendung auf. Für die Arbeit am Klienten kann sie so umgewandelt werden, dass sie in das jeweilige, individuelle Behandlungskonzept passt.

Nimm dir Zeit für dich.

Du kannst die Übung im Sitzen oder im Liegen durchführen.

Zeitrahmen: ca. ½ bis 1 ½ Stunde

Lade Erzengel Metatron ein, einen Schutz aus Licht zu errichten.

Vielleicht magst du dir vorstellen, dass du in einer Säule aus Licht geschützt bist oder dich im Kraftfeld einer Lichtpyramide befindest.

Lege deine Hände auf deine Ohren.

Visualisiere in deinen Ohren einen Säugling, der mit dem Kopf nach unten in die Ohrmuschel eingebettet ist.

Bitte den rosafarbenen Strahl – gelenkt von Lady Rowena –, während der Übung über das Energiefeld deiner Hände zu wirken. So wird dein gesamter Körper mit der Energie der annehmenden Liebe versorgt.

Visualisation:

Körper – Ätherkörper – Emotionalkörper – Mentalkörper – Spiritueller Körper

Jetzt beginne mit der Innenschau. Visualisiere dich langsam vom Kopf bis zu den Füßen und lass dabei kraft deiner Vorstellung reines Licht mitfließen. Dort, wo das Licht gut fließt, fülle mit Licht und gehe weiter. Dort, wo du keinen Fluss wahrnehmen kannst, lass das Licht so lange einfließen, bis alles mit Licht gefüllt ist und der Fluss von selbst weiterfließt.

Lenke nun das Licht in die erste Auraschicht, die deinen Körper umgibt. Lass das Licht vom Kopf bis zu den Füßen in den Ätherkörper einfließen und verfahre genau wie oben.

Gehe Auraschicht für Auraschicht weiter, zuerst bringst du Fluss in den Emotionalkörper, dann in den Mentalkörper und in den spirituellen Körper.

Dort, wo du Erstarrungen, Panzerungen oder energetische Mauern wahrnimmst, verweile so lange, bis alles aufgelöst ist und der Energiefluss gut weiterfließt. Dabei können sich auch Bilder von „krachenden Panzern" und einstürzenden Mauern zeigen. Es können bei der Klärung der Emotionalkörper Gefühle und Bilder des inneren Kindes auftauchen, und beim Fluten des Mentalkörpers melden sich möglicherweise Denkmuster, die den Fluss bisher blockiert, anstatt gefördert haben. Hier kann ergänzend mit der violetten Flamme der Transformation gearbeitet werden. Rufe sie dreimal und übergib ihr alles, wovon du dich jetzt befreien möchtest.

Erweiternde Ergänzung für Fortgeschrittene

Wenn man sehr geübt ist, kann man seinen Blick auch auf besetzende Fremdenergien erweitern. Wenn es um karmische Auflösungen geht, empfehle ich, ergänzend mit der violetten Flamme und mit der Erzengelkraft Michael zu arbeiten. Zuerst wird die violette Flamme durch dreimalige Anrufung herbeigerufen. Die Flamme wird in das karmische Bild gelenkt. Es wird darum gebeten, dass karmische Auflösung zum Wohle aller geschieht. Gleichzeitig wird die Bitte um karmische Vergebung für alle beteiligten Seelen ausgesprochen. Dann erfolgt die Bitte an Erzengel Michael, die karmischen Energiebänder zu durchtrennen.

Wenn alles mit Licht durchflutet ist, konzentriere dich auf den Energiefluss im gesamten System: in den Chakren, den Meridianen, den Energiekörpern und im freudvollen Austausch miteinander. Alles steht miteinander in fließender Verbindung und Kommunikation.

Visualisiere den geheilten, geliebten Säugling unter deinen Händen.

Du selbst bist dieses geliebte Kind.

Löse die Hände von deinen Ohren.

Bedanke dich bei Rowena, Erzengel Metatron und allen beteiligten hilfreichen Energien.

P.S.: Bei dieser Übung bist du ganz frei, ergänzend und auflösend mit deinen eigenen Werkzeugen zu arbeiten.

Übung
„Ich schreibe es mir von der Seele“

„Ich schreibe es mir von der Seele“ oder „Meine Seele schreibt durch mich.“ Auf diese Weise ist schon so manches wertvolle Buch entstanden.

Nimm dir noch einmal Zeit für dich, einen Stift und ein Blatt Papier.

Lass deine Seele sprechen. Erlaube ihr, alles auszudrücken, was momentan wirklich ist. Sei ehrlich mit dir. Sei ganz Mensch. Denn deine Seele drückt sich durch dich als Mensch aus. Offenbare dir deine wahren, ehrlichen Gefühle.

Hilarion
Das goldene Dreieck der Beziehungen

Wenn ihr euch auf der Herzensebene bewegt und das Chakra – Blüte des Herzens – sich auf der Basis eures Mutes wieder öffnen darf, empfehle ich euch, mit dem goldenen Dreieck zu arbeiten.

Das goldene Dreieck erfüllt folgende Funktionen:

Wahrung der höchsten Weisheit.
Kommunikation in Wahrheit und Liebe.
Neutralität, das heißt, „Verstrickungsfreiheit".
Selbstverständliche Abgrenzung durch Weisheit und Liebe.

Es ermöglicht ein Loslassen von Spannungen, die, karmisch bedingt, aus Furcht vor den Reaktionen eurer Mitmenschen entstehen, sobald Erinnerungen geweckt werden. Diese Spannungen erzeugen stressbedingte Kurzschlüsse im Nervensystem, was dazu führt, dass sehr viel Serotonin) verbraucht wird.*

---

*) Serotonin ist ein Nervenbotenstoff, der im Stoffwechsel vielfältige Aufgaben übernimmt. Er ist zum Beispiel wichtig für eine ausgeglichene Hormonlage, für die Stimmungslage, das Sättigungsgefühl und das Schmerzempfinden. So wird zum Beispiel im Zusammenhang mit der Erkrankung „Fibromyalgie" die Bedeutung von Serotonin diskutiert (weiterführende Literatur siehe Literaturhinweise).

Das heißt, es reicht nicht, eure Serotoninspeicher aufzufüllen, sondern ihr müsst die zugrunde liegenden karmischen Muster erkennen, bearbeiten und auflösen. Hierin liegen große Chancen der Freiheit, denn je freier ihr euch in Beziehungen geben könnt, umso mehr Mut bringt ihr auf, eure Wahrheit authentisch zum Ausdruck zu bringen. Dieses Vertrauen in Beziehungen erzeugt wiederum in euch jenen Mut, den ihr braucht, um euer Potenzial zu entwickeln. Denn wir streben ja die harmonische, lichtvolle, einander nährende Gemeinschaft an, in der ihr euch alle wohlfühlen könnt. So viele Menschen haben sich bereits gut geklärt. Es fehlt ihnen allein noch der Mut, trotz erlittener karmischer Verletzungen offenen Herzens auf die Menschen zuzugehen. Seid gewiss, das Echo wird sehr positiv sein, denn Liebe wird mit Liebe beantwortet.

So atme nun in deine Herzchakra-Blüte. Das Herzchakra bildet die harmonische Mitte in deinem Chakrensystem. Es lebt durch die Liebe, das heißt, gemäß seiner Natur empfängt es Liebe aus der Umgebung, reichert sie mit der Menschenliebe des Individuums an und verströmt diese Liebe dann.

Verschließt du nun aus Angst vor den Reaktionen anderer dein Herz, so fühlst du Spannung, Enge und Stau beziehungsweise Blockierung.

Probiere das einmal, damit du später den Unterschied spüren kannst.

Konzentriere dich auf den empfangenden Liebesstrom, der dein Herz füllt. Jetzt gehe innerlich in die Verneinung, ein Gefühl, das du gut kennst, wie zum Beispiel: „Nein, der hat mich verletzt, dem gebe ich meine Liebe nicht."

Nun, in diesem ungemütlichen Gefühl wollen wir nicht bleiben.

Also:
Konzentriere dich auf den empfangenden Liebesstrom, fülle dein Herz und reichere es mit einem inneren „Ja" zur Öffnung für die Menschenliebe an.

Erinnere dich: Da dein Weg über das Menschsein führt, liegt in der Herzensöffnung für deine Mitmenschen der Schlüssel der Liebe für dich selbst.
Denn du bist Mensch unter Menschen.
Also, es führt kein Weg an der Menschenliebe vorbei. Bist du einverstanden?

Dann gehen wir jetzt in die Energie des goldenen Dreiecks.

Stelle dir bitte einen Menschen vor, dem du jetzt deine Liebe schenken möchtest.

Visualisiere oberhalb von euch eine goldene Kugel, Symbol der höchsten Weisheit.

Aus dieser goldenen Kugel geht ein goldener Strahl in dein Herz und ein weiterer goldener Strahl in das Herz der Person, die dir in deriner Vorstellung gegenüber steht.

Von Herz zu Herz fließt ein dritter goldener Strahl.
So entsteht ein goldenes Dreieck, über dessen Strahlen die Liebe fließt, die sich potenziert in dem Maße, wie sie durch dich mit Menschenliebe angereichert wird.

Nun, wie viel Prozent bist du bereit zu geben?
Entscheide bitte selbst.
Fühle einmal in den „Gebenstrom“ –

und einmal in den „Nehmenstrom“.

Diese Übung wirkt immer zum Wohle aller.

Viel Freude bei der Öffnung für die Menschenliebe.

Euer Hilarion

Bevor wir auseinandergehen...

Bevor wir auseinandergehen, möchte ich gerne noch einmal in einen innigen Herzenskontakt mit dir gehen. Ich möchte – wenn du es auch willst – gemeinsam mit dir zu jenem inneren Punkt reisen, an dem du dich selbst, die Treue zu deiner Seele und das Vertrauen zu dir selbst aufgegeben hast. Wann und wo hast du dich selbst verlassen? Zu welchem schmerzvollen Zeitpunkt, der so unerträglich war, dass du nur noch den einzigen Wunsch hattest, aus deinem Körper auszusteigen? War es der Missbrauch? War es die massive Grenzüberschreitung durch einen anderen? War es die grobe Gewalt, die dir jemand anderer zugefügt hat, die Verspottung durch Mitmenschen, oder alles zusammen? Wenn du ganz ehrlich in dich hineinfühlst, dann wirst du genau wissen, welcher Zeitpunkt oder Zeitraum gemeint ist.

Ich möchte dich gemeinsam mit meinem Geistführer Hilarion und dem Aufgestiegenen Meister Konfuzius an den Punkt führen, an dem du selbst aus jenem inneren Lebensfluss ausgestiegen bist, nach dem du dich heute so sehr zurücksehnst. Indem du dich tief in den letzten Winkel deines Inneren zurückgezogen hast, in der Hoffnung, dort irgendwo Schutz und Geborgenheit zu fühlen, hast du möglicherweise den lebendigen Kontakt zu deinem Körper verloren. Vielleicht bist du innerlich auch ganz aus dem sozialen Netz der Gemeinschaft mit Menschen ausgestiegen. Und möglicherweise hast du das so geschickt eingefädelt, dass kaum jemand etwas davon bemerkt hat.

Und das, obwohl du so sehr darunter still gelitten hast.

Und während wir zu diesem Punkt reisen, kehren Seelenanteile zu dir zurück, die sich während der kommenden Tage harmonisch in dein Energiefeld eingliedern werden, so, als würden alle Scherben deines einst zersprungenen Seelenglases wieder zusammengesetzt werden, und zwar so, als wäre nie etwas „Unheiles“ gewesen, in alter und neuer Harmonie. Es mag der kritischste und traumatischste Punkt auf deiner Seelenzeitreise sein, und doch kommst du nicht darum herum, zu diesem Ursprung des Ausstiegs aus dem Fluss deines Lebens zu schauen. Es ist notwendig, um die Wende zu vollziehen. Jene Wende, die dich zurückführt in das ursprüngliche und gesunde Gefühl, in Harmonie in deinem Körper zu leben, so lange, bis du ihn eines Tages wieder abgibst, um in Freiheit nach Hause zurückzukehren.

Ich habe noch bei keinem meiner Bücher im Entstehungsprozess so viele Seelentränen geweint wie bei diesem Buch. Als ich einmal wieder in meine Seelenheimat zurückreiste, nachdem ich mich in den Armen eines Engels der Liebe in den Schlaf geweint hatte (es war mein verstorbener Hund Balu, den ich feinstofflich als rosafarbenen Engel der Liebe wahrnehme), wurde mir gezeigt, dass dieses Buch die Seelentränen der Leser trocknen wird und ich die Tränen nicht nur für meine Seele und meine Freiheit geweint habe.

Weil ich aus eigener Erfahrung weiß, wie tief dieser Wachstumsprozess gehen kann, führe ich dich heute erst einmal sanft gedanklich an die Bewusstheit heran, dass es möglicherweise auch in deinem Leben einen Punkt gibt, an dem du innerlich in die Verneinung des Lebens in deinem Körper gegangen bist , wodurch es zum Abklemmen wichtigster Zuströme zu deinem ursprünglich sehr kraftvollen Lebensstrom kam. Wen wolltest du schützen? Wen wolltest du schonen? Warum hast du dich nicht getraut, dich einem Menschen deiner Wahl anzuvertrauen? Waren die Selbst-Mauern bereits zu hoch, die innere Aggression, die zwangsläufig in eine gegen dich gerichtete, selbstzerstörerische Feuerkraft umschlagen musste, bereits so stark, dass du dich niemandem mehr zumuten wolltest? Sahst du keinen Ausweg mehr, war für dich kein Vorwärts und kein Zurück mehr möglich?

Nimm jetzt die feinstoffliche Hand von Hilarion, Meister der Wahrheit, und Konfuzius, Meister der Weisheit, und vertraue dir selbst und deiner Kraft zur Wende, wenn du selbst den Zeitpunkt für die energetische Rückreise zu jenem traumatischen Punkt deiner Seele bestimmst und den Meistern dann ein Zeichen gibst, wenn sie mit ihrer Energiearbeit beginnen dürfen. Sie wirken für dich Tag und Nacht und hüllen dich wieder und wieder in die grüngoldene und gelbgoldene Heilkraft ihrer Strahlungen ein. Auf diese Weise werden die Heilung deines Körpers, die Heilung deines Nervensystems, die Heilung deines feinstofflichen Energiesystems sowie das harmonische Zusammenspiel der Systeme unterstützt. Manch helfender Mensch, der dir wirklich zuhört und dem du erlaubst, auf den Urgrund deiner Seele blicken zu dürfen, mag deinen Weg kreuzen, um dich für eine Strecke deines Weges –

deine Freiheit wahrend – „zu halten“. Dann nimm die Hilfe an, wenn es sich für dich gut und richtig anfühlt, geht es doch auch darum, vorsichtig wieder in das soziale Gefüge der Mitmenschen zurückzufinden und sich diesem nicht mehr ausgeliefert zu fühlen, sondern freundliche, das Herz wärmende zwischenmenschliche Erfahrungen zu machen. Tiefe neue Erfahrungen von Herzensliebe, Herzenswärme und Vertrauen. Dann wird auch dein Herz sich wieder warm anfühlen, und dein Inneres Kind kann wieder erfahren, wie es sich anfühlt, wenn es dir wieder vertrauen kann; wie es sich anfühlt, wenn du beginnst, es wieder in deinem Herzen zu schützen und liebevoll Sorge dafür zu tragen, dass es sich nicht mehr den Menschen ausgeliefert fühlen muss, weil du nämlich jetzt wieder da bist, im Leben, voller Verantwortung für dich selbst und dieses kostbare Leben. Du bist wieder dabei. Platsch! Willkommen im Fluss deines Lebens!

Ist der Fluss wiederhergestellt, dann darf ein ganz neues Lebensgefühl zum Vorschein kommen, und dein eigenes Lachen wird deinen Tag erhellen. Und wenn dich einmal etwas irritiert, bleibe mit dir verbunden, so kannst du alles meistern. Je bewusster dir der innere „Ausstieg“ aus bestimmten Lebenssituationen wird, umso klarer wirst du die Zusammenhänge erkennen können, um dann die erforderliche Veränderung vorzunehmen. Achte darauf, was dir begegnet, Die Botschaften der geistigen Führung können dich auf unterschiedliche Art erreichen, zum Beispiel über ein CD-Cover, das deine Seele anspricht, oder Worte, die du zufällig irgendwo mitbekommst. Der Alltag bietet sich wunderbar dafür an, die innere Führung besser zu verstehen und ein starkes Band des Vertrauens zu ihr aufzubauen. Je besser dein Kontakt zu dir selbst und der Stimme deines Herzens wird, und je mehr du bereit bist, dich wieder darauf einzulassen, desto mehr stiefelst du die Spirale deines Lebens aufwärts, auf der dir deine geistigen Freunde entgegenkommen. Sie dürfen es erleichtern und bereichern, doch nur du kannst dein Leben mit dem erfüllen, was es so lebenswert macht: mit deiner Seele!

Ich wünsche dir von Herzen die Leichtigkeit deiner Seele in deinem irdischen Körper!

Deine Ines Shakanta Witte-Henriksen

☆☆

Mein Mut wächst mit jeder positiven zwischenmenschlichen Erfahrung.
Ich bin mit meinem Lebensstrom verbunden.
Ich fühle die Leichtigkeit meiner Seele.
Ich lebe die Leichtigkeit meiner Seele in meinem Körper.

Meine Seele – Mein Körper – Mein Geist – Mein Weg

Meine Seele

Ich höre auf die Botschaften meiner Seele.

Mein Körper

Ich höre auf, meinen Körper mit anderen Körpern zu vergleichen.
Mein Körper ist vollkommen.
Mein Körper ist perfekt geschaffen.
Dank meines Körpers ist es mir möglich, meine Aufgaben zu meistern.
Ich bin dankbar für meinen besten Freund: meinen Körper.

Mein Geist

Wenngleich ich meinen Körper achte, so bin ich doch viel mehr:
Mein Geist kann sich über die Grenzen meines Körpers hinaus ausdehnen.
Er kann in das Land meiner Seele fliegen und von dort mit neuer Inspiration zuückkehren.
Mein frischer Geist bringt frischen Wind in meinen Körper.

Mein Weg

Ich mache mich frei von den Meinungen anderer.
Ich höre meiner inneren Stimme zu und gehe meinen Weg.
Ich hinterlasse meine eigenen Spuren.

Möge jeder Schritt von Liebe begleitet sein…

Literaturempfehlungen

Dr. med. Verena Breitenbach/Katarina Katic:
„Endlich gut drauf“, Knaur Verlag

Prof. Dr. J. Bauer:
„Fibromyalgie“, Weltbild Verlag

CD Tom Kenyon:
„Songs of Magdalena“, Koha-Verlag

CD Deva Premal:
“Love is Space”
“The Essence”

Ines Witte-Henriksen
St. Germain
Die Violette Flamme der Transformation
144 Seiten, broschiert
ISBN 978-3-934254-58-9

St. Germain führt uns in die Arbeit mit der Violetten Flamme ein, damit wir dieses kraftvolle Instrument der Transformation für uns und andere im Alltag nutzen können. Hilarion vermittelt Wissen über die grüne Heilflamme. Seine Heilmeditationen im grünen Strahl bestärken uns darin, uns für die eigene Wahrheit zu öffnen und unseren inneren Bildern und Wahrnehmungen zu vertrauen. Das Innere Kind erfährt Heilung durch das Mitgefühl der Aufgestiegenen Meisterin Kwan Yin und die bedingungs-lose Liebe der Delfine. Die Hilfe der Aufgestiegenen Meister wird durch dieses Buch für jeden praktisch erfahrbar.

Ines Witte-Henriksen
Hilarion – Flamme der Wahrheit
168 Seiten, broschiert
ISBN 978-3-934254-95-4

Ines Witte-Henriksen, deren Geistführer Hilarion ist, berichtet über den grünen Strahl von Hilarion, auf dem auch Erzengel Raphael dient und der die Bereiche Wahrheit, Konzentration und Heilung berührt. Und so geht es hier vorwiegend um Heilung nach dem Motto: Heiler, heile dich selbst!
Die Kraft der Konzentration von Hilarion führt uns nach innen, wo wir unserer eigenen Kraft und Stärke, aber auch unserem eigenen Licht- und Schattenreich begegnen, damit wir uns aus der Opferrolle befreien und ganz in die eigene Schöpferkraft gehen können.
Die goldenen Engel der Weisheit unterstützen die Heilkraft des grünen Strahls, indem sie dem Menschen immer wieder Impulse geben, der eigenen Weisheit zu vertrauen und der inneren Stimme zu glauben.

Ines Witte-Henriksen
Serapis Bey
Lichtarbeit an der Basis
208 Seiten, broschiert
ISBN 978-3-938489-41-3

Serapis Bey lädt uns ein, uns intensiv auf den Kontakt mit seiner kraftvollen, reinweißen Strahlung einzulassen. Der weiße Strahl der freudvollen Disziplin, der hoffnungsvollen Lichtarbeit, des Segens und der Gnade der karmischen Reinigung bis auf Zellebene ist ein kraftvolles Instrument der Klärung und Reinigung.
Erzengel Gabriel stärkt den Glauben an Wunder, die Hoffnung und die Freude auf den Neubeginn. Channelings, Meditationen und Übungen laden zu eigenen Erfahrungen ein.
Mit der Hilfe von Serapis Bey erfahren wir eine tiefgreifende Klärung unserer Basis.

Eva-Maria Ammon
Lady Rowena – Die Kraft der Göttin in dir
Ein Heilungsbuch
248 Seiten, broschiert
ISBN 978-3-938489-43-7

Lady Rowena erinnert uns an unsere enge Verbundenheit mit Mutter Erde (Gaia), der Göttin (weiblicher Anteil der Quelle), den Kristallen und dem Universum.
Sie zeigt uns mit ihrer liebevollen Energie den Weg, wie wir das Heilsein und die Ganzheit in unser Leben integrieren und in Liebe Heilung in das Leben eines jeden bringen können.
Ein Praxis-Heilungsbuch für die Zeit der Weiblichkeit in jedem Menschen, die auf unserer Erde geschunden und verraten wurde und in uns allen neu erwachen will, damit Frieden, Liebe und Licht auf der Erde zur Wahrheit werden.

Petra Aiana Freese
Lady Portia – Die vier Kräfte der neuen Weiblichkeit
144 Seiten, A 5, broschiert
ISBN 978-3-938489-53-6

Auf Grund ihrer tiefen Liebe zur vollkommenen Schöpfung und der Großen Göttin macht uns die Aufgestiegene Meisterin Lady Portia ein Konzept zum Geschenk, mit dem wir uns als vollständige und freudvolle Wesen der Großen Göttin kennen, verstehen und lieben lernen, indem wir die vier Aspekte in uns leben und lieben: Die Priesterin, die Lehrerin, die Heilerin und die Kriegerin.
Mit ihrer Hilfe gelingt es, uns als Frauen klar und neu zu definieren und somit auch das mannigfaltige Leid unserer Ahninnen und das von Gaia zu heilen.
Und daher wünscht sie sich, dass auch Männer dieses Buch lesen und umsetzen, wenn sie bereit sind, sich auf ihre weibliche Seite einzulassen.

Margit Steiner
Lady Nada - Aktivierung der inneren Heilkraft
Rituale für den Alltag
104 Seiten, A5, gebunden, mit Lesebändchen
ISBN 978-3-938489-71-0

Lady Nada, Meisterin der Lebensfreude und Hingabe, hilft uns, unsere tiefe, innere Weiblichkeit zu erkennen und zu unserer inneren Urkraft zu gelangen, damit das Bild der inneren, heilen Frau, die wir gerne sein möchten, Teil unserer Persönlichkeit werden kann. Durch die Verankerung dieses vollkommenen Wesens tief in unserem Herzen legen wir den Grundstein zu einem glücklichen und erfüllten Leben.
Einfache Rituale (auch für Kinder), Meditationen und Übungen, die die Autorin alle selbst im Alltag ausprobiert hat, helfen uns, mit Leichtigkeit aus den Mustern und Erfahrungen unserer Vergangenheit auszusteigen.

Ava Minatti
Avalon und der Artusweg
Altes Wissen für die Neue Zeit
376 Seiten, gebunden, mit Leseband
ISBN 978-3-938489-93-2

Hörst du den Ruf? Siehst du, dass sich die Nebel zu lichten begonnen haben? Und es Zeit geworden ist, nach Hause zurückzukehren? Zurück nach Avalon?
Avalon ist ein Symbol für die Fünfte Dimension. Der Artusweg bezeichnet den Weg dorthin. Beides ist untrennbar miteinander verwoben. Die Legenden um den Heiligen Gral, die Tafelrunde, König Artus, die magische Apfelinsel, Morgana und Merlin haben auch heute nichts an Aktualität und Gültigkeit verloren. Hier übermitteln diese dir das alte Wissen, damit du es im Hier und Jetzt integrieren und leben kannst.
Erlebe eine intensive Reise zu dir selbst, zu deinen Wurzeln, zu deinem wahren Wesen. Das Licht, die Liebe und die Weisheit von Avalon heißen dich willkommen. Du wirst erwartet. Sei gesegnet!

Eva-Maria Ammon
Maria Magdalena – Jetzt rede ich!
428 Seiten, gebunden, mit Leseband
ISBN 978-3-938489-99-4

Noch ein Buch über oder von Maria Magdalena? Gibt es nicht bereits genügend davon? Ja! Es gibt mehr als genug davon. Und: Nein! Dieses hier fehlt noch, denn hier schreibt Maria Magdalena selbst ihre ganz eigene Geschichte. Erfahre sie ganz neu, als die große Göttin, Ehefrau, Lehrerin und Mutter, die sie in Wahrheit war, ist und bleiben wird. Magdalena schildert schonungslos offen und detailliert ihr Leben und Sein mit Jeshua. Ihr Lieben, ihren Zorn, aber auch ihr Leiden.

Eva-Maria Ammon
Delfin-Kristallpalast-Ermächtigung
Arbeitsbuch zur Selbsteinweihung
240 Seiten, gebunden, mit Leseband
ISBN 978-3-938489-92-5

Herzlich Willkommen zu den wundervollen Einweihungen in die Delfin-Kristallpalast-Ermächtigung aus und in Lemuria. Jede einzelne Einweihung führt dich tief in deine inneren, lichtvollen Welten und an dein tiefstes Kraftpotenzial. Mit jeder weiteren Einweihung wirst du tiefer mit der leichten und kraftvollen Energie der Delfine, Walwesen, Feen und Elfen der Meere verbunden und vertrauter mit den Ebenen des Siriussystems, von dem wir einst unsere erste Reise zur Erde antraten.
Erhebe dich in deine Kristallpalastermächtigung und bereite den Weg, damit Lemuria auf Erden und in jedem Menschen in die Heimat zurückkehren kann.

Sabine Skala
DNA – die lichtvolle Spirale in uns
Kosmische Informationen der Galaktischen Förderation
152 Seiten, broschiert
ISBN 978-3-938489-94-9

Die Galaktische Föderation übermittelt uns wichtiges Wissen über unsere energetische DNA und erklärt uns das Zusammenspiel zwischen der DNA, unserer Seele, unserem Körper, der göttlichen Quelle und der Außenwelt.
Wie wirken äußere Faktoren auf unsere DNA, und welchen Einfluss haben sie auf unser Leben? Was passiert mit Informationen, die wir empfangen? Wie wirken sich zwischenmenschliche Beziehungen auf unsere DNA und unser Sein aus? Wie können wir unsere DNA stärken? Der Galaktischen Föderation ist es sehr wichtig, dass wir mehr über uns wissen, achtsamer mit uns und unserer Umwelt umgehen und uns bewusst werden, welchen äußeren Einflüssen wir ausgesetzt sind.

Margit Steiner
2012 hat gestern begonnen
Selbsteinweihung für den Aufstieg
120 Seiten, gebunden, mit Leseband
ISBN 978-3-938489-90-1

Schon seit einiger Zeit geistert das Jahr 2012 durch die Energiearbeit. Für die Autorin selbst ist 2012 keine Jahreszahl, sondern ein Energieereignis, das längst begonnen hat. Durch die Prozesse der Selbsteinweihungen schaffen wir den Energieraum, den wir für unseren Aufstieg brauchen und unterstützen so unsere körperliche, geistige und seelische Entwicklung. Durch die einzelnen Übungen und Weihen ist wird die Transformationen in Gang gesetzt, die sich im Alltag durch unsere Handlungen verstärken. Heilung geschieht sozusagen „von selbst", da jeder – immer und überall – alleine an sich und für sich arbeiten kann.

Paulette M. Reymond
Ashtar Sheran
Willkommen in der Kosmischen Familie
200 Seiten, broschiert, ISBN 978-3-938489-97-0

„Ich, Ashtar Sheran, bin mit dem Kosmos seit Anbeginn der Zeit in Liebe stark verbunden. Meine Aufgabe ist es, dem Licht seinen Platz einzuräumen und die Erde und ihre Menschen in den Aufstieg in die Fünfte Dimension zu führen.
Nehmt Kontakt auf zu euren Sternengeschwistern. Sprengt eure Begrenzungen und nehmt euer multidimensionales Erbe an! Wir sind alle miteinander verbunden und verwoben und kreieren gemeinsam den neuen Himmel und die neue Erde.
Jedes Wesen ist in diesen großartigen Reigen eingebunden und leistet das seine für das Ganze. Ihr seid also Schöpfergötter im Einsatz! Die Liebe ist die Quintessenz der ganzen Schöpfung. Denn wäre die Liebe nicht, würde sich der Kosmos auflösen!"

Kerstin Simoné

Thoth – Die Offenbarungen, Band II

Erwachen aus der Illusion

ca. 200 Seiten, gebunden, mit Leseband
ISBN 978-3-938489-98-7

Der zweite Band von „Thoth - Die Offenbarungen“ zeigt schon durch seinen Untertitel, wie intensiv und ehrlich Thoth uns in die nun unmittelbar bevorstehende neue Ära der Menschheitsgeschichte geleiten will, ohne dabei irreführende Schönrederei zu verwenden. Denn nach der Öffnung und Neuorientierung unseres Bewusstseins gilt es jetzt für jeden von uns, das „Erwachen aus der Illusion“ auf allen Ebenen zu nutzen.
Die Grenzenlosigkeit und Wertigkeit allumfassender Liebe und ihr Kraft in den Zeiten des großen Wandels werden eindringlich und klar vermittelt, - Wahrheiten, mit denen wir in die Neue Zeit schreiten können.
Mit wichtigen Botschaften zu den großartigen, aktuellen Veränderungen auf Erden.

Eva-Maria Ammon

Metatron

Ancient-Master-Healing

Selbstermächtigung durch Selbsteinweihung

272 Seiten, A 5, broschiert
ISBN 978-3-938489-63-5

Die Einweihung in deine Selbstermächtigung ist ein wundervolles Geschenk an dich, an die Erde und an die Menschheit. Erst die jetzige Zeit mit ihren erhöhten Energien macht dieses Wunder möglich, dass du wieder zu dem erwachen kannst, was du in Wahrheit bist – Licht!
Diese deine Vollkommenheit wird dir überreicht durch Metatron, Miranlaya, Sananda, Lady Nada, Lady Gaia, Lady Kwan Yin und Saint Germain. Dieses Arbeitsbuch ist ein Buch zur Selbsteinweihung und ermöglicht dir, dich in Verbindung mit den Aufgestiegenen Meistern und Meisterinnen in die kraftvolle Energie der Quelle selbst einzuweihen.

Christiane Tenner

Seth – Leben im Zeitalter des Wassermanns

296 Seiten, A 5, broschiert
ISBN 978-3-938489-88-8

Seth, der durch die Bücher von Jane Roberts bekannt wurde, meldet sich mit einem neuen Werk zurück. Sowohl Gaia als auch die Menschheit sind tiefgreifenden Veränderungen unterworfen. Eingeleitet durch den Beginn des Wassermannzeitalters macht sich die Menschheit auf, Gaia bei ihrem Aufstieg zu begleiten. Seth liefert einen praktischen Leitfaden mit Themen, die den Alltag eines jeden von uns betreffen, und Anleitungen, sich auf diese Veränderungen bewusst einzulassen. Dabei geht er auf gesellschaftliche, strukturelle sowie individuelle Veränderungen ein und zeigt Tendenzen in der Entwicklung aktueller Themen von Mensch und Gesellschaft.

Ines Witte-Henriksen
Serapis Bey - Meditationen der Seele (CD)
Lauflänge ca. 70 Minuten
ISBN 978-3-938489-75-8

Diese CD enthält zwei geführte Meditationen mit der weißen Strahlung des Aufgestiegenen Meisters Serapis Bey, der Heilkraft des Erzengels Gabriel und des Krafttieres Einhorn. Die von Ines Witte-Henriksen mit Klangschalen begleitete „Karmische Reinigung“ bietet die Chance, Einsicht in karmische Zusammenhänge zu nehmen und sich von Altlasten zu befreien.
Die Reise in den „Seelenraum“ heißt die Seele im irdischen Leben willkommen. Wie sehr sehnen wir uns danach, gesehen zu werden, willkommen zu sein, respektiert und geachtet zu werden. Der goldene Schlüssel liegt darin, die eigene Seele wieder zu sehen und zu fühlen, sich selbst wertzuschätzen und zu achten.
Diese Meditationen sind wahre Nahrung für die Seele.

Claire Avalon
Die 12 göttlichen Strahlen (CD)
Rosafarbener Strahl: Lady Rowena
Lauflänge ca. 70 Minuten
ISBN 978-3-941363-01-4

Diese Meditation führt uns in den Lichttempel der Aufgestiegenen Meisterin Rowena im Ätherreich in Südfrankreich. Der dritte rosa Strahl wird auch der „Strahl der aktiven Intelligenz“ genannt und spielt bei jedem Schöpfungsprozess eine wichtige Rolle. Organisation, Management, Menschenführung und unsere Wirtschaft sind dort genauso zu Hause wie Menschlichkeit, Toleranz, persönliche Freiheit und der kreative Umgang mit den Problemen des Lebens. Es ist der Strahl der Herzenswärme und der „gelebten“ Liebe, die alle Facetten der Karmas beherrscht und uns zeigt, wie man verzeiht und auch für sich selbst einsteht.

Mara Ordemann
Meditationen des Herzens (CD)
ISBN 978-3-938489-52-9
Laufzeit ca. 60 Minuten

Eine kurze Morgenmeditation (ca. 5 Min.), um den Tag energiereich zu beginnen, sowie eine etwas längere Abendmeditation für einen sanften Übergang vom Arbeitstag in den Feierabend umrahmen drei liebevolle, von der Engelwesenheit KRYON durchgegebene Meditationen, die die unterschiedlichen Arten der Liebe mit Leben erfüllen:
Meditationen des Herzens, geschrieben und gesprochen von Mara Ordemann, der Verlegerin des Smaragd Verlags.